学徒出陣とその戦後史

監修・久野潤
構成・但馬オサム

啓文社書房

目次

《序文》久野潤（監修）……006

第一章　人間・学徒兵（構成・但馬オサム）

◆原田裕（早稲田大学・元陸軍独立山砲兵連隊）……016

◆江副隆愛（上智大学・元神風特別攻撃隊八幡護皇隊）……060

◆神代忠男（慶應義塾大学・元近衛歩兵第三連隊）……122

第二章　学徒兵の戦記

◆寺尾哲男（早稲田大学・元海軍七〇一航空隊）……162

◆柳井和臣（慶應義塾大学・元神風特別攻撃隊第六筑波隊）……186

◆横山直材（國學院大学・元陸軍戦闘機「隼」搭乗員）……226

◆加藤昇（立命館大学・元海軍飛行科偵察員）……248

《あとがき》玉川博己（慶應義塾戦没者追悼会代表幹事）……272

《序文》

監修・**久野潤**（名城大学非常勤講師）

我々は彼ら（出陣学徒）と向き合う際、
そのため何かしらの努力を
できているでしょうか。
戦争責任を問うたり、
観念的平和主義を掲げたりするのは、
そのちょっとした努力のあとで
よいのではないでしょうか。

戦争証言を記録できる最後の世代との自覚をもって戦争と向き合っていく

「学徒出陣」と聞いて、今の日本人、特に大学生たちは何を思うでしょうか。小学生だった私が歴史の本を読んで学徒出陣を知った時は、不覚にも「戦局悪化の苦しまぎれで、日本だけこんなムチャをやるなんて…」という感慨をもったことを正直に告白しなければなりません。言い訳になるかもしれませんが、読んだ本自体がそう思わせるような筆致だった可能性もあります。読者諸兄における学徒出陣の第一印象は、いかがでしょうか。

現役大学生がペンを剣にもち替えて戦場に向かうのは、日本特有の話ではありません。「ノブレス・オブリージュ」（人の上に立つ者には義務がある）の伝統が強いイギリスをはじめ、欧米では戦時に学生が率先して軍隊に志願する国が少なくありません。アメリカでもたとえば学生時代のジョージ・H・W・ブッシュ（のち第四一代大統領）が、太平洋戦線で日本軍と戦い、二度撃墜される経験もしています。そして日本でも、学生と同じ年齢あるいはさらにそれより若くして志願し出征した方も多くいます。

では、それでも我が国で学徒出陣がある意味で特別視されるのはなぜでしょうか。誤解を恐れずに言えば、学生が諸外国以上に大切にされていたことの裏返しではないでしょうか。大学進学率が全体の一割程度の時代、大学生は名実共にエリートでした。そして日本の大学では、ロシア革命以降に世界中で共産主義の脅威が唱えられるなか、当時としては驚くほど自由闊達な思想が認められていました。教員に対する処分を別にすれば、学生についていては露骨な反国家活動を除けば、読書の自由などが大幅に認められていました。ナチス・ドイツやファシスト・イタリアがやったような、「有害図書」の焚書も行われていません。日本では出陣学徒の遺書や手紙などから、教科書的な〝思想統制〟イメージからは想像もできないようなリベラルな哲学書や月刊誌が愛読されていたことも分かります。

日本は支那事変が始まって実に六年以上、日米開戦からでも二年近く経ったのちの昭和十八年（一九四三）十月の学徒出陣（学徒の徴兵猶予停止）によって、ようやく本当の「総力戦」を始めたと言っても過言ではありません。航空機搭乗員養成コースとして知られる予科練（海軍飛行予科練習生）の大増員も、資源獲得の命綱となる輸送船の大増産もこの昭和十八年からでした。もし日本がもともとアメリカと戦争するつもりであれば、間違いなく開戦前からそれらのピッチをもっと上げていたはずです。ついでに言えば、日米開戦時に太平洋側では日本に劣っていたアメリカの海軍力が、その工業力により完全に日本を追い越すのも昭和十八年でした。

一般に学徒出陣について語られる際、こうした背景をほとんど無視して、ただただ「将来有望な学生が、愚かな戦争の犠牲になった」という、戦後に形成された歴史観が土台となっているように思えてなりません。その背景には、「あの戦争は一方的に日本側から仕掛けた」「そもそも勝ち目がなかった」という事実誤認、そして「戦争はそもそも悪いこと」という特定イデオロギーが潜んでいます。たとえば、有名な『きけ わだつみのこえ』刊行を契機として昭和二十五年に結成された日本戦没学生記念会も、やがて反戦運動団体の様相を強めてゆきました。現在、同会公式サイトのトップページにも「日本戦没学生記念会（わだつみ会）は、『再び戦争の悲劇を繰り返さないため、戦没学生を記念することを契機とし、戦争を体験した世代とその体験をもたない世代の交流、協力を通して戦争責任を問い続け、平和に寄与することを目的』としています（規約第2条）」と明記されています。また、同会による遺稿の改竄も遺族たちから指摘されてきました。こうした団体により、出陣学徒の生き様や学徒出陣そのものをありのままに伝えるよりも、特定の政治的主張を拡散するのを優先するような活動が全国規模で行われてきた実態があったわけです。その結果、冒頭で述べた久野少年のように「日本だけこんなムチャをやるなんて…」と思い込まされ、果ては戦前の日本を憎み、祖国に誇りをもてなくなったりする方も少なくないはずです。まじめに歴史を知るために、巷で伝えられる学徒出陣についての話に触れることによって、です。

やがて久野少年は成長し、メディアに登場する戦争経験者たちが予定調和的に「戦争はしちゃいけない」と締めくくるのに違和感をもつようになりました。そこで本業のかたわら、この六年間で三〇〇名以上の戦争経験者（ほとんどが実戦経験者）を取材しました。中には、メディア上に現れている証言内容が、恣意的な枝葉末節の切り貼りであることが明らかに分かる方もいました。私自身あの戦争に関して、あるいは戦争を論ずる方々に対して言いたいことは山ほどあります。しかしそれは少し措いて、まずはあの戦争の等身大の実相について後世に伝えなければなりません。特に経験者の証言は、今しっかりありのまま記録に留めておかねば、未来永劫失われることになります。戦後七十年を過ぎ、終戦時に二十歳であった方も今や九十歳を超えています。戦後八十年を迎える頃にはどうなるか……現在三十七歳の私は、それなりの知識・情報をもって戦争経験者の話を聞いて記録できる最後の世代との自覚をもって日々、彼らを通して戦争と向き合っているつもりです。

考えてみれば、大学から大学院へと進学する中での研究もそうですが、そうした活動を毎日命の心配もなくできるのは、命をかけて戦って下さった先人たちのおかげです。こと我々と違って、学業半ばにして出征した方々に対しては、この上ない感謝と敬意を抱いています。私が卒業した慶應義塾大学は、塾員・塾生その他関係者を含めて合計二二二六名が戦死しました。これは、戦没学徒がもっとも多かった早稲田大学の四七四二名に次ぐ数です（両大学では、今でも毎年戦没者数が調査・更新されています）。雨の神宮外苑での出陣学徒壮行大会（昭和十八年十月二十一日）の二日後、三田の慶應義塾大学で壮行会が開催されました。そのとき小泉信三塾長は、出陣学徒を次のように激励しています。「今、別れに臨んで、特に新たに言ふべき事は何もない。私は諸君を知っているつもりである。諸君も亦た私の言はんと欲することを知ってゐるであらう。たゞ言ふ。『征け、諸君。君国のために。父母の墳墓の地を護らん為めに』」。実はこの一年前、慶應義塾大学を卒業して三菱銀行に入行したばかりで海軍に志願した小泉の一人息子、小泉信吉が南太平洋で戦死しています。その時に書き留めた感慨が、小泉信三の死後『海軍主計大尉小泉信吉』（文藝春秋）として出版されました。その中に、「国文学を専攻する或る年少の友」が慰みに書き送ってくれた北畠親房『神皇正統記』の一節を口ずさんだという話があります。北畠親房の子顕家が親に先立ち若くして戦死する行より、「忠孝の道こゝにきはまり」「苔の下にうづもれぬものとてはたゞいたづらに名をのみぞとゞめてし」。前途有望な子息を失った悲しみは察するに余りある一方、国難に際し我が子を選ばれし者として送り出す父親としての〝歴史的使命〟を読者は感じずにはおれないでしょう。

改めて述べるまでもありませんが、大東亜戦争とは、先述の通り諸外国以上に大切にされた学生までも出征しなければならないほどの国難であったのです。出陣学徒たちの遺筆を見れば、大東亜戦争以前の国難である元寇（蒙古襲来）、吉野朝時代（南北朝時代）、幕末といった内憂外患に臨んで敵に立ち向かった先人たちに想いを馳せていたことが、想像に難くありません。早稲田大学の田中穂積総長も、桶狭間に向かう織田信長や幕末の佐久間象山を引き合いに出しつつ「生死一如、諸君は唯、盡忠報國、早稲田健兒の面目発揮を以て念とすべき」と壮行の辞を述べています。しかし、こうした側面は戦後ほとんど顧みられることはありませんでした。「あの戦争は日本が悪かった」「戦争はそもそも悪い」という一方的な価値観が大勢を占める世情では、戦死した出陣学徒の後輩学生たちがそこに思い及ばず、また仮に思い及んだとしても、表に出すことすら憚《はばか》られたのでしょう。平成二十五年の早稲田大学における春季企画展「ペンから剣へ―学徒出陣七十年―」の記念誌「はじめに」でも、「彼らの軌跡を追うことから戦争の姿を改めて問い直し、不戦の誓いを新たにしたいと思う」とあります。日本を対中戦争さらには対米戦争に引きずり込む往時の世界規模の動きについては、ここでは触れません。しかし少なくとも祖国をまもる戦いをも否定する「不戦の誓い」というものは、果たして戦没学徒たちにとって本意でしょうか。

慶應義塾大学の湘南藤沢キャンパスに在学していた私が、三田キャンパスの「還らざる学友の碑」を知ったのは卒業後十年経ってからのことでした。それ以来、毎年行われる慶應義塾戦没塾員追悼会に可能な限り参列しています。現在、国立では一橋大学、私立では早稲田・慶應義塾・國學院・拓殖・東洋・亜細亜の各大学で毎年、戦没学徒の慰霊・追悼行事が行われています。その中で、拓殖大学には拓殖招魂社、亜細亜大学には興亜神社という、学内で戦没学徒を御祭神としてお祀りする神社があります。古来、国家のために戦死した方をお祀りするのは、「慰霊顕彰」するということに他なりません。「慰霊」とは、国家のために戦死（病死・自決を含む）した方を今生きている我々が慰め鎮めること、「顕彰」とは彼らの功績や想いを同じく我々が広く語り継ぐことです。慰霊顕彰にはもちろん、彼らが戦った戦争自体がどんなものであったかを知る必要があります。我々は彼らと向き合う際、そのため何かしらの努力をできているでしょうか。戦争責任を問うたり、観念的平和主義を掲げたりするのは、そのちょっとした努力のあとでよいのではないでしょうか。私自身は、出陣学徒たちの〝不肖の後輩〟として、せめて今後残されたわずかな時間で、さらに戦争経験者のありのままの経験や想いを伝える努力をしたいと思います。読者諸兄にとっても、学徒出陣そしてあの戦争の実態の一端を伝える本書が何かしらのきっかけになることを願ってやみません。

第一章　人間・学徒兵

《構成・但馬オサム》

陸軍特別操縦見習士官之碑

《一人目の証言》**原田裕（早稲田大学）**　元陸軍独立山砲兵連隊　《構成・但馬オサム》

安吾（坂口）は『堕落論』で既に売れっ子でした。蒲田の安吾邸には日参してね。『講談倶楽部』に彼を引っ張って来たのは僕です。安吾さん、玄関の扉に「水曜日以外、面会お断り」って貼り紙してあるんだ。

それくらい来客が多かった。当時の若い編集者はみんな安吾ファンでした。

真珠湾攻撃が世論を変えた

――原田さんは、お生まれになったのは大正十三年（一九二四年）ですね。どちらでいらっしゃいますか。

原田　生まれは和歌山なんです。紀州。それから神戸、長崎と。父が日本郵船に勤めていた関係上、よく転勤がありましたから。長崎の前には神戸の社宅にも少しおりました。親父はやはり早稲田、まだ大隈さんが生きていた時代に商学部を出て日本郵船に入った。当時、大学卒業者の入社は珍しく、そのせいか出世は早かったそうです。外国との通商といえば、航路が主流の時代ですから、日本郵船は今でいうところのＪＡＬとＡＮＡを合わせたような会社、といえばイメージしやすいかもしれません。七つの海を駆け回るなんていわれてね、ちょっとカッコよかったわけですよ。

――お父様は商船に乗られていたのですか。

原田　いえ、船乗りではありません。新入社員はみな船に乗せられるそうですけど、それも最初だけで、父は営業部員として若い頃はロンドンやサンフランシスコにいて、本社に戻ってきたのは四十過ぎてでした。私の実母は私が幼少の頃にすでにいなくて、私は祖母に育てられた。親父が長崎の支店に転勤するのを機に再婚することになって、それじゃあということで一家そろって長崎に移ったんです。中学三年のときですね。そこで妹が生まれました。

僕が通った長崎中学は、シーボルトが建てた学校で、地元ではなかなかの名門校でした。長中《ながちゅう》生とえば、東京でいう一高生のような存在で、長中の制帽被っているだけで一目置かれたものですよ。

——当時の中学生の学校生活はいかがでしたか。

原田　支那事変は始ってましたからね。やはり学校教練っていうのは必修でありましたし、教練の成績が悪いと進学にも差し支えるわけですよ。鉄砲を持って行進させられてね。僕自身は教練はそんなに嫌いではなかった。

——長崎は大陸の対岸ということで、そういう戦争の影響というか、動きみたいなのがありましたか？

原田　空気としてはそれはあったかもしれません。親父の会社は長崎丸と上海丸という二つの船を保有していて大陸と結んでいましたから。上海からの引揚者も乗せていました。船員を通じて情報は入ってきたとは思いますよ。他に大阪商船の船もありましたが、ここの外国航路は限られていましたので。日本郵船は半分は国策会社のようなものでしたからね、その社員というとなかなか権威があった。僕なんかも社員さまの御曹司ということで周りの人の扱いも違うんですよ。悪さするガキ大将も僕には手を出さない（笑）。その意味では幸せに過ごしましたけど。

――長崎中学と日本郵船で二重の箔がついていたわけですね。

原田　まあ、長崎の人というのは、江戸の昔から貿易で食べてきたわけで、そのぶん遊んでばかりいるんです。のんびりしていてね。だから戦争の影というのはあまり日常には…。それに長崎の人は本当にお祭り好きです。

まず、欠かせないのが諏訪神社のおくんち。「お諏訪さん」っていって、大国主命を奉った大きな神社です。それは街中あげてのお祭り。とても華やかですね。華やかといえば、丸山いう遊郭が。そこはみんな大人が行くところで、色んなナニがありまして（笑）。

その他にはタコ揚げですね。これは大人も子供も。この日だけは学校も休みになるんです。どういうわけだかタコでなくハタ、「ハタ揚げ」といった。お正月頃に風頭山っていう長崎の港に近いところの丘で、みんなお酒飲みながら、こんな大きなタコを、一間四方（※一間は約一・八一メートル）ぶんくらいあるやつ。これは大工さんに作ってもらったり、専門のハタ屋さんもあった。お金持ちはここぞとばかり贅沢して凝ったものを作らせてね。ハタが風を切るとブーンヒューンて飛行機のような音がする。その音の大きさを競うんです。他に、ビードロってわかります？　ガラスを粉にしてそれを糸に塗って、お互いのタコの糸を切り合うわけです。芸者衆上げて丘の上でそれを見物するのが、お金持ちの道楽。

——なかなか風情がありますね、いかにも粋筋の。

原田　夏は夏でお盆はね、お墓で酒盛りやるんです。みんな山の中腹に立派な墓を建てまして、めいめい家紋の入った提灯を並べて自分の家のお墓を囲む。その中でやはり芸者衆入れて。でね、長崎って山に囲まれているでしょ、こちらから見ると向こうの山が提灯の灯りで真っ赤でね。その赤い山の向こうに長崎の海が見える。長崎市内全体がお祭りって感じなんですよ。ああいう土地柄は他にはなかなかないと思う。非常に楽しい思い出です。

——光景が目に浮かんできますね。原田さんはその後、東京に来られて高校は早稲田大学付属の早稲田高等学院に進まれた。

原田　当時は第一高等学院ていってましたね。昭和十六年（一九四一年）の四月。その年の暮に大東亜戦争が始まるわけです。そのとき親父は神戸の支店にいました。ほどなく本社に戻ることになり、東京に家を構えることになったんです。

親父も息子の私を早稲田に入れたかったんでしょう。親父は生の大隈さん見ているわけですよ。よく話を聞かされて、早稲田大学というのはよほど立派なとこだと思ってたから。

どうもそれほどでもなかったんだけどね（笑）。

――日米開戦を知ったときはどう思われましたか。

原田　やはりそれは心配でしたね。なんせあのアメリカと戦争するというんだから。もう日本には飛行機も少なくなってきたし、油はもちろんない。そんなんで大丈夫かな？　うちの親父なんか外国生活が長かったから、日本の国力が外国と比べてどんなものであるかということがよくわかってるわけです。それで親父は、世論が交戦論に傾くにつれ、「世の中、危なっかしくなってきた」とかいろいろ言ってたんだけど。だから開戦の一発、真珠湾攻撃があんなに大成功するとは私も親父も思ってはいなかった。アメリカの戦艦、イギリスの戦艦も全部撃沈してしまった。そうしたら、親父はたちまち国粋主義者になっちゃった。なんだ、うちの親父、ちょっとおかしくなっちゃった、なんて思ったよね。いや、うちの親父だけではなかったですね。それまで東条（英機）さんを批判していた人たちが、初戦の勝利でコロリと論調を変えたんです。

「俺はやっぱり勝つと思ってたよ」とか言い出して、僕らもあきれたくらい。真珠湾に奇襲攻撃と聞いて一瞬不安にはなるけれど、蓋を開けたら奇襲は大成功。不安はあっても現実は（戦争に）勝っているんです。そうなると後戻りできなくなる。しかし、勝ったといっても、よくあんなことやったもんだと。特殊潜航艇とはいうけども、どうにか海へ潜れるような潜水艦をこしらえて、それを何台も持っていって、自爆ですよね、ほとんど。それで沈めたりしたわけだから。初めからあの戦争は無理っていうか、軍部の勢力争いの中で始まった戦争だと思います。

――第一高等学院時代はほぼ戦時下といえますが、学校生活という面ではどのような日常でしたか？

原田　中学時代も学院時代も鉄の鋲《びょう》を打った皮の編み上げ靴履いてゲートル巻いて。兵隊と同じような靴で、とても重かったですね。学生の中にも、そんな空気に染まって国家主義的なものに心酔している者もおりました。英語の授業をボイコットしたり、先生が入ってきてもそっぽを向いたり。授業をボイコットしたって、結局試験は受けなきゃいけないんだから、ムダなんだけどね。

――逆にいえば、授業をボイコットする自由はあったということになりますね。

原田　その一方で、図書室行けば、文学の本と並んで左翼がかった本もあるわけですから。親からすれば、そういう本を読んで息子が「アカ」になっては大変だ、と心配だったんではないですか。でも若いうちはいろんなものに興味もつでしょ、仕方がないよね。僕の場合、日本精神がどうのとか、そういう教育を受けてきたせいか、左翼的な方向には染まることはなかったけれど、半面、狂気じみた国粋主義的な連中も厭でしたね。

――その当時から文学などは親しまれた方だったのですか。

原田　小説の類はよく読みました。書くのもわりと好きでクラスの文集に文章を載せたり。でも、将来は文士になろうとかそういうのは考えもつかなかった。今はよくも悪くもプロとアマチュアの間に差がなくなっちゃったでしょ。それだけ国民の生活が自由になったともいえるし。

――確かに。昔はある意味、覚悟を決めて作家の世界に飛び込むという感じだったのかもしれませんね。安酒と肺病で命を削りながら原稿用紙に向かうというか（笑）。あるいは厳粛な文学者のイメージ。

とはいえ、原田さんは戦後、講談社に入られ編集者として多くの作家と交流をもたれるわけですが。のちほど、そちらの方のお話もお伺いしたいと思います。

原田　僕は子供の頃から講談社と縁が深かったのか、小学校時代を通じて『少年倶楽部』の愛読者でした。他に『新少年』（新少年社）とか『日本少年』（実業之日本社）とかありましたが、やはり王道は『少年倶楽部』でしょう。あと『少年少女譚海』（博文館）とか、これなんか結構恋愛モノとか清水次郎長の伝記とかあって、子供の雑誌としてはちょっとマセているというか、それはそれで面白かったんですけどね。『少年倶楽部』いうのは優等生的だったんですよ。

――『少年倶楽部』といえば、田河水泡の『のらくろ』が大人気だったそうですね。当時はまだ、大日本雄辯會講談社といってました。

原田 発売日には本屋さんに幟《のぼり》が立つんですよ。『少年倶楽部』『少女倶楽部』って。その日はみんな授業中そわそわしてね、学校が終えると、「それっ」って走って帰るわけ、うちへ。一番乗りで『少年倶楽部』を買うのが、ちょっと「伊達」気分というか。

それで、雑誌の奥付見ると、社長野間清治と書いてある。だから、野間清治という人は子供心に大変偉い人だなあと思っていました。

――そこは無邪気に。

原田 戦後、野間清治という人は一部で右翼のように言われましたが、決してそんなことはないです。僕が講談社に入社した当時、人事課長から『野間清治伝』という分厚い本を渡されましてね、「これ読んだかどうか、後日試験があるから」と言われてね。いやあ、読まないかんのかあ、まいったなあ。取りあえずちょこちょこっと読んだら、なかなかいいことが書いてある。これは立派な人だと思いました。決して右翼じゃない。感心したものです。こういうことも講談社入るまではぜんぜん知りませんでした。

――今のお話で思い出しました。『少年マガジン』を百五十万部雑誌に育て上げた内田勝さんは入社するまで漫画というものを読んだことがなく、講談社の資料室で初めて『少年倶楽部』を読んだそうです。それまで戦争に協力した雑誌という先入観しかなかったから、のらくろがブル連隊長をポカリとやるシーンを見て、兵隊が上官を殴るなんて戦時中の常識では考えられない、漫画というものはあなどれないものだと大変驚いたと何かで語ってらっしゃいました。

戦争末期、日本に「政治家」はいなかった

——大学の本科に進まれたのが昭和十六年（一九四一年）ということになりますね。その年の十二月に大東亜戦争が始まるわけですけど、そんな中での学生生活はいかがでしたか。先ほどの第一高等学院時代のお話ですと、早稲田にはまだまだ自由な空気が残っていたようですが。

原田　そうですね。思い出すのは、仲間うちで飲んで食べて……そんな思い出がやはり。学業よりも（笑）。飲んで騒いで歌ってたことを思い出します。

——やはり、遊ぶのは早稲田、高田馬場界隈ですか。

原田　たいがいは神楽坂へ繰り出していました。その頃、早稲田のあたりなんて何もない。馬場下町の通りに早稲田三朝庵という蕎麦屋があったぐらいで、そこが早稲田の学生と戸

山の騎兵連隊の御用達でした。高田馬場の仇討で有名な堀部安兵衛が飲んだっていう枡が飾ってあるんです。もちろん、嘘だってわかるけど（笑）。それから、ちょっとした洋食なら高田牧舎。ここも今でもありますね。ただ、あの時代から「早稲田ってなんでおいしい店ないんだろうね」というくらい旨い店がない。

——昭和十八年（一九四三年）十月の神宮での学徒出陣の壮行会に関してお聞きしたいのですけど。

原田　僕は在校生という立場でしたから。

——ええと、本科の三年生でいらっしゃいましたよね？

原田　そう。ただ、僕は早生まれだったので、実際の入営は翌年（昭和十九年）ということになります。試験はみんなと同じで昭和十八年に受けました。そういうことはまったく計算していなくて、はからずも同級生を見送る立場になったわけです。ただ、壮行会にも行きませんでしたね。というより、学徒出陣の人たちでいっぱいで行く余地もなかった。

——行かなくてもおとがめはなかったわけですね。

原田　ええ、別に強制ではありません。校歌練習というのは何度かありました。「大隈講堂へみんな今日は演習やるから来てください」という感じで、これも別に命令ではなかったですしね。

――最初に大学生の徴兵の猶予停止になるってことをお聞きになったときはどういうふうに思われましたか？

原田　それはもう仕方がないと思いましたね。日本は太平洋戦争始まってたわけですから。それでこれはもう普通じゃない。ほんとにそれこそ生きて帰れるとは思わなかった、戦争に行ったら。相手はアメリカです。もう鉄砲はあるけど弾はない。軍艦も次々に沈められる、そんな状況です。もし負けるようなことがあれば、軍人は腹を切るか、それとも本土決戦という名目でどっかの海岸の守備をして、そこであてもなく突撃をして、機関銃かなんかで撃たれて死ぬか。それでも天皇陛下万歳って死ぬしかないというような悲壮なもんです。

――同級生を送り出し、ご自分が残るというご気分は？

原田　それも仕方のないことですね。どうせ一年早いか遅いかの違いで、私も後を追うことになるわけですから。もちろん、すまないなという気持ちもありましたが。よし、行ってこいよ、俺もすぐ行くから、そんな感じです。

兵隊に取られない人も当然いるわけで。「肺浸潤」という言葉がありました。肺浸潤というのがどれくらい流行っていたかは知りませんが、とにかく恐ろしい病気で、これに罹っているとまず兵隊には取られない。で、肺浸潤と診断されて行かないで済んだやつが何しているかというと、遊んでるとか。だから、親が軍にコネがあったり、あるいはお金を使って、（偽の）診断書を書いてもらったんだ、なんていうのは噂では聞きました。

——「肺浸潤」というのが一種のスラングのような。

原田　本当かどうかはわかりませんが、そんな噂もありました。とにかく当時、肺病は一番怖い病気だった。伝染病ですから。

戦争も最初の頃は、視力が悪いということで兵隊に取られなかった人もいたそうです。眼鏡をかけていたら甲種にはならなくて、第一か第二乙種、ひどい近眼は第三乙種という具合で、少しずつうしろに回された。最後の方になると第三乙種もがんがん兵隊に取られました。かなり分厚い眼鏡をかけている者も第三乙種で入ってきましたから。昔だったら丙種間違いないやつが。

——そうなると、「肺浸潤」ぐらい使わないと兵役を逃れませんね。ほとんどの学生が学徒出陣してしまったあとの大学の雰囲気っていうのはどうだったんですか?

原田　だからあとに残ったのはみんな何らかの理由があって、行かないで済んだということか。行きそびれたというか、そういうの。だけどいつどうなるか分からんという。それで良かったと喜べる状況じゃなかったです。食べるものはないし、いつ爆弾落ちるかも知れないし。法令だってどういうふうに変わっていくかも。だから別に一喜一憂できうる状況じゃなかったです。

――授業とかはどうだったんですか？

原田　授業はありましたが、段々と勤労奉仕の時間が増えてきて、軍需工場へ手伝いに行かされる。工場行っても技術があるわけでもないでしょ、だからいても邪魔になるだけだし、やることといっても大学生をわざわざ呼んでやらせるような作業ではないわけですよ。だからね、戦争の末期というのは、日本に政治の専門家がいませんでしたね。軍人が思いつきで政治を動かして、「じゃ、動員しようか」てなものです。日本を滅ぼしたのは日本の軍部、陸軍と言っても過言じゃないと思いますよ。

●日本郵船（ＮＹＫ）は現在でも世界第二位のシェアを誇る有数の海運会社である。創業は明治十八年（一八八五年）というから、ゆうに百三十年の歴史を誇る。原田さんの御父上はその日本郵船の社員として、海外で広く見聞を広めた人物だったようだ。

作家で中尊寺大僧正として知られた今東光の父親は日本郵船の海外航路の船長で、インドの詩人タゴールや神智学者クリシュナムルティとも親交をもつ明治のコスモポリタンだった。同じく作家の安部譲二の父親も日本郵船の社員で、譲二自身、幼少の一時期を父の転勤先のロンドンやローマで過ごしたという。のちに講談社の名編集長として数多くの小説家と交友をもつことになる原田さんだが、文学界と日本郵船の不思議な縁（?）をそこに感じる。ちなみに石原慎太郎の父親は山下汽船（現・商船三井）の重役であった。

原田さんが少年時代を過ごした長崎の光景が美しい。

♪春は凧揚げ 夏・精霊流し 秋はおくんち 冬だきゃ休み（『長崎育ち』）と歌ったのは丸山遊郭で生まれ育った歌手の美輪明宏である。長崎の人のお祭り好きを現したみごとな一節だと思う。丸山遊郭は寛永時代に開かれた長崎随一の花街で、ここの遊女は外国人も顧客にし、一般人が立ち入ることを禁じられた唐人屋敷や出島にも出入りを許されていたという。錦絵などにオランダ人と日傘で歩く遊女の図などが残っているのはそのためである。華人の流入も多く、日本、欧、米、支那の文化が絶妙にブレンドされた独特の風俗や街並みが戦前の長崎には色濃く残っていた。それを一変させたのは、一個の原子爆弾、それに戦後合理主義という魔物ではなかろうか。

『少年倶楽部』は大正三年（一九一四年）創刊。少年誌としては『少年世界』（一八九五年創刊）、『日本少年』（一九〇六年創刊）らの後発にあたり、当初、発行部数で大きく水を開けられていたが、「雑誌は活字で売るんだ」という講談社社長・野間清治のアドバイスを受けた若き編集長・加藤謙一の奔走により、佐藤紅緑（『あゝ玉杯に花うけて』）、吉川英治（『神州天馬侠』）、大佛次郎（『角兵衛獅子』）ら当世一流の大衆小説家、児童小説家が執筆陣として参加、田河水泡の漫画『のらくろ』や組み立て付録の人気も相まって一躍少年誌のトップに躍り出るのだった。いずれも長期連載の連続小説で、当時の少年たちに、読み物としての小説の醍醐味を味わわせるに充分なラインナップといえた。『少年倶楽部』体験は、原田さんの編集者としての気質に大きな影響を与えたことは想像に難くない。

講談社創業者・野間清治は教育者出身で剣道家としても知られ、社員全員に剣道を奨励し〝剣道社長〟と呼ばれた異色の出版人である。それもそのはず、母方の祖父は北辰一刀流開祖千葉周作の高弟・森要蔵だという。そういった出自が、戦時中時局に迎合した雑誌作りを余儀なくされていたこと以上に右翼・国士のイメージを強めたのかもしれない。現在残っている野間の写真はいずれも紋付袴で、短髪に口ひげを蓄えた姿は〝いかにも〟の風情がある。野間が建てた旧・野間道場は『雨あがる』（二〇〇〇年）、『たそがれ清兵衛』（二〇〇二年）など、多くの映画のロケに使われている。（但馬）

原因不明の下痢に苦しむ

――徴兵検査はどちらで受けられたのですか。

原田　本籍のある和歌山市には歩兵第六一連隊がありましたが、私が兵隊検査を受けて所属したのは大阪府信太山の砲兵第六連隊でした。

――初年兵が最初から砲兵連隊に？

原田　初年兵はないんだ。もう僕の時には。

――いきなり予備士官ですか。

原田　予備士官にはなってないの。伍長で入りました。下士官ですよね。だから兵隊には敬礼する必要はないし、理不尽に殴られるということもなかった。これもひとつの学徒兵の特権といえますね。

――原田さんの同級生、十八年に神宮外苑で送り出され陸軍に行った人は、二等兵から出発して途中で試験を受けて予備士官へというコースでしたね。

原田　そうそう。それで士官学校の試験を受けて甲種幹部候補生。甲種幹部候補生というのはなかなか難しいの。それは在学中の教練の成績っていうのが関係するわけです。それから内申書。私が入ったのは前橋陸軍予備士官学校で、相馬原というところにありました。

ここでは主に砲兵の実技を学びました。大砲の撃ち方、それからあの頃の砲兵っていうのは馬が引くわけ。だから少尉が馬に乗せてもらえるわけじゃないんだけども、砲兵とかになると馬は扱ってるわけだから、将校はみんな馬に乗って指揮する。だから乗馬です。それからあとは無線通信だったかな。学校教練では習わない、三角法。目標までの距離を測ったりするのに、サイン・コサイン・タンジェントを使って。

――数学の時間習いました。すっかり忘れてしまいましたけど。

原田　そういう訓練です。だから全部、命令の仕方からして違うわけです。それから馬の世話。馬の扱いも教わらなくちゃならないし。だから兵隊では学校教練でやったことは役に立つことは何にもなかった。

――砲兵は志望されたのですか。

原田　いや、「砲兵ヲ命ズ」です。なぜ自分が砲兵かもよくわからない。ひとつ思い当たるのは、予備士官学校受けるときに、いろいろ自分のこと書かされるわけです。それであんまり悪いことは書かない（笑）。早稲田大学では馬術部にいた、ぐらい書いたと思う。こいつは馬の扱いになれていると思われたのかもしれませんね。

――大学時代は馬術部だったのですか。

原田　いや。学院時代の同級生に馬術部の主将がいたんです。大学一年まで一緒でした。二年で。それが馬に乗るわけです。それで面白そうだというので、教えろよというわけで。東伏見に早稲田の厩舎があった。東伏見へ遊びに行くんです。そいつに馬の乗り方を教わってね。それで帰りには近所の農家へ行ってお芋を買って帰ると。楽しかったですよ。

――当時、まだ砲の運搬に馬を使っていたとは驚きです。自動車で牽引するものとばかり思っていました。

原田　馬は使っていました。アメリカだってまだ馬は使っていたんじゃないかな。

――前橋の予備士官学校を卒業されて、野砲兵第六連隊に正式に配属されたわけですね。

原田　そうですね。野砲兵第六連隊です。野砲っていうのは、口径が七十五から七十七ミリクラス、中くらいの大砲です。それより少し小さいのが山砲。そのもっと小さいのは歩兵砲といいました。野砲より大きいのが重砲ですね。僕ら砲兵が使っていたのは九四山砲なんです。それは野砲と比べてあんまり変わらないくらい大きかった。

――晴れて将校（少尉）になられたご気分はいかがでしたか。

原田　まあ、学徒で試験に受かれば、将校には自然になるわけだからね（笑）。卒業のときには、校舎の前にザーッと机を並べて、その上に敷布を敷いて、真っ白い敷布。ずっと見渡す限りの。そこへみんな全校生徒座ってね、目の前にバンと特大の鯛が置かれて。軍隊入って初めてのごちそうだったです。さすがにそれはちょっと嬉しかったですね。「この鯛どうしたんだろう?」と。「こんなにあるわけないな」というような、「よく集めたよな～」という。さすがに軍の意向で集めたから鯛がこんだけ集まるのかという。非常に頼もしく思ったんです。これならまだ大丈夫だと（笑）。甘かったね。

――前橋時代で他に何か思い出はございますか。

原田　さえない話ですけどね。何しろ戦争中からお腹が空いてしょうがなかったもんですから、和歌山のうちへ食べ物を送ってほしいと電話したんですよ。それで送ってきたのが煎り豆。おばあちゃんが、配給の大豆を食べずに袋に貯めて煎って送ってくれたんです。それをポリポリ食べては空腹をごまかしていた。そのせいでひどい消化不良を起こしましてね。

夜中でも何でもグーッとお腹が鳴るともう、こらえきれないわけです。寒いときなんかね。軍隊っていうのは、部屋を開けたら便所があるっていうところじゃないんで、一度外に出て、そこまで歩いていかなあかん。北風がヒューッと吹いて、外は零下三度ですからね。風呂行って帰ってくると、手拭いがコチコチになる。それも下痢がなかなか治らなかった原因かなと思います。

――下痢には随分と苦しまれましたか。

原田　原田候補性の下痢っていうのは有名だった、僕の部隊ではね。

夜、消灯ラッパが鳴ると、電気消してもうみんな寝る。それで今日やっと終わったかとホッとするわけだけども。週番士官が来て点呼する。「週番士官殿に敬礼！」とかいって。一！二！三！四！五！　もう僕は寒くて布団の中から起き上がれない。声も出ない。すると仲間が代返やってくれてね。「第一三生寝室総員何名事故なし。終わり！」。

――代返というのはやはり学生ならではの発想ですね。

原田　それでとうとう前橋のすぐ兵営の隣に陸軍病院に入院するはめになりましたけどね。白衣を着せられて。「白衣の勇士」とかいうんだけど、「いよいよ俺もこんなになったか」と思って、ベッドに寝るんだけど。よかったのは病院はトイレがすぐそばなんですよ。部隊では便所が外で、行くのも軍服着て靴紐結んで脚絆撒いて出かけなければならない。そうしているうちに漏らしてしまうなんてこともありました。夜中に一人、汚れたふんどしを洗うんだ。炊事場でね。あれは見つかったらみんなに言われただろうね。洗って干して。股引に着替える。僕は股引だけはいっぱい持っていた。なぜかっていうと、各中隊ごと演習に出かけるでしょ、それを見計らって他人の股引を失敬してベッドに忍ばせておくの。誰のものだか知らない。盗られたやつはどうしたんだろう、大変だっただろうね（笑）。

――結局、下痢の原因は何だったのですか。

原田　やはり神経的なものでしょうね。病院にいる間はあまり下痢は起こりませんでしたから。一時は四十六キロまで痩せてね。衛生兵が脈拍測ったら二十何度しか打っていない。これはもう死人の脈拍だよって。

病院の、階段じゃないよ、スロープが登れないんだから。もう、こんなゆるやかな坂が山登りのようにしんどいの。退院まで鉄棒で体力つけようと思っても、飛びつくことができない。柱のところをよじ登ってようやくぶら下がったら、ぶらーんと下がったきり。そんなに高い鉄棒でもないのに、下を見たら千尋の谷間みたいに深く見える。しかし降りないわけにいかない、手離したら、下へドッスーンってひっくり返ってね。

――普通だったら、疫痢とかコレラを疑われるレベルですよ。

原田　退院の次の日が夜間演習なんですよ。これに参加しないと卒業ができない。こんな状態で何十里も夜通し歩けるのかなと不安でした。そうしたら小隊長が気を使ってくれて、「お前は馬の係だ」。普通、馬に乗ってはいけないんだけど、特別に乗馬での移動が許された。ところが、乗れないんですよ。鐙《あぶみ》に足かけたきり乗れないんだ。それでみんながオッシオッシと乗せてくれて。でもいざ行進が始まっても僕は馬の上でふらふらしている。これじゃあ落馬するだけだ、と思って、馬から降りましたよ。脚を引きずりながら、馬についていくこともできない。仕方がないので、馬の後ろへまわって、馬の尻尾がある、普通は尻尾なんか引っ張ったらパーンって蹴られるんだ。もうそれしかない、馬の尻尾にぶら下がって、「頼むよ。ごめんよ」。馬に引きずられながら、馬がパカパカ歩く足の裏、蹄鉄ばかりを見ながらどうにか十六里歩きましたよ。あの馬、なんていう名前だったかな。今でも思い出します。

――十六里というと五十キロ行軍ですね。

原田　俺はこれはもう明日の朝死んでるかな、と思って（笑）。そうしたら朝になったら元気なんだよ。助かったと思って。そしたら昨日あんなんで、足も上がらなかったのが、足が上がるんだ。「ああ、足上がるぞ」と思ってね。人間の体って不思議だな、と思いましたね。

――それ歩いたからでしょうか。

原田　どうだろう。やっぱりいっぺん死んだ気になったのがよかったんでしょう。

　そして大阪の泉大津というところで区隊付きになりました。陸軍少尉です。ところがまた下痢が再発するんですよ。腹を壊したある夜、便所にいるときに空襲にあいました。焼夷弾だのがブーン、落ちる音がショー‼　ああ、落ちてきよったな。尻まくって、用足しているところを吹っ飛ばされて死ぬんじゃみっともないな。せめて、ズボンぐらい履かせてくれと。それでもまだ便所の外に出る気にならない。便所の中で聞こえるんです。ドーンって。ああ、落ちたなと思って。もう大丈夫だからと思って出たら幸い兵舎は無事で。結局、その日は一晩ぐっすり寝ましたけれど。

――だんだん、豪胆になってきましたね。

原田　朝、目が覚めるでしょ、点呼に行ったわけ。僕は区隊付きの将校だからね。早生まれだから士官待遇で先に入ったやつより階級が上。僕は先任将校なんです。僕が指揮しなくちゃならない。それで「さあ、行こう」と思ったら、これがないんだ、軍刀が。「気をつけ!」って号令かける、これがかっこいいんだけど、軍刀なくちゃ様にならん。「あれ。どうしんだろう? 軍刀がないぞ」って。誰が盗んだんだ、見つけたら死刑だぞ。あ、ひょっとして? と思って便所に行ったら、案の定置き忘れてあった。便所の壁に立てかけてね(笑)。

――誰かに見つかっていたらさらにバツが悪いですよ。

原田　ホント、よかったよ(笑)。その愛刀を持っていって、無事に朝の点呼を終えました。

やってきた兵器は骨とう品

――独立山砲兵連隊というと、本土決戦のための部隊ですよね。実際、本土決戦の可能性を考えていらっしゃいましたか。

原田　ありえたでしょうね。沖縄なんか女の人まで勤労奉仕して、女学生まで戦死して、崖から飛び降りたり、死んでるわけだからね。いざとなれば、みんなそれはやっただろうと思います。いざ本土決戦になったら、それはやっぱり日本人だからね。アメリカ兵一人でもやっつけて死ぬとか。ただじゃ死ねないな、と思いましたよ、そりゃ。

――実際の部隊には砲や弾丸はどのくらいあったのですか。

原田　これがひとつの話だけど。僕ら砲兵でしょ。本土決戦部隊でしょ。来たら大砲撃たなくちゃならないんだけど、本部の方から肝心の大砲が来ないんだよ、いつまでたっても。それで何回も師団司令部に「あれはどうしたのか？」と、誰か大阪に行くたびに伝令出して聞くんだけど、「まだ来ない。何にも言ってこない」というわけだ。こっちはそれがなきゃ戦争ができないじゃないか。銃剣は回ってきたけれど、そんなんで本土決戦を戦えるわけがない。ようやく来たのが、日露戦争の時に作った兵器で、車輪のところに満州の泥がついたようなやつ、そんなのを陸軍工廠の倉庫から引っ張り出してきたんだ。

――当時としても骨とう品ですね。もはやそんなものを引っ張り出してくるほど、武器も底をついていた。

原田　それが砲身の高さが二メートルぐらいあるわけ。僕の頭より高いんだ。そんな大砲使うたって、馬六頭で引くわけだ。明治三十八年に陸軍が採用した……。

――フランス製のフランキ砲では。フランスに発注したのが日露戦争には間に合わず、終わった頃に大量どかっと日本に入荷したんですよ。車輪の直径が二メートルもあって、重くて使えなかったといういわくつきの代物です。

原田　どうりで、誰も使い方がわからなかったわけだ。「砲兵操典」っていうのがある。

砲兵の教科書です。一応その中に、こういう大砲があるとは書いてあるけど、使い方までは説明がない。「使いようがないな」と中隊長以下、思案投げ首でね。弾もないんだ。弾来たらどうする？　弾から火薬だけ抜き出して、爆雷にして戦車砲の下に敷いて、戦車やっつける、対戦車地雷に使うしかないな、そんなこと大真面目で話し合っていた。結局、弾なんか来ませんでしたよ、食料もろくに来ないんだから。そんなことがありました。山砲もないし、野砲もないし。しまいには、高射砲を外してきて水平にして、野戦重砲の代わりに敵を撃つなんてことを言っていた。笑っちゃうよね。もうこの頃になると、日本精神もクソもなくなっちゃったよね。

——そんな状況でしたか。

原田　近くに航空隊があって、特攻機が飛ぶ。特攻機で行く人はもうわかってるわけだからね。その飛行機もろくに飛びやしない。練習機、赤とんぼだよ。そんなんで沖縄の先まで飛んで行けるわけがない。途中で不時着したり落っこって死ぬ。敵艦にみごと体当たりして一隻でも沈めて戦死したって人はまだしも幸せだよね。そんな時代だからね。だから、あんまり「死ぬ」ということについては、仕方がないと思っていました。今の方がよっぽど怖いよ。今、九十三でしょ、それでいつ死ぬかわからんじゃない。でも、死ぬときはどうなるの。痛いとは思わないんだろうけども、ずっと意識のあるまま死ぬのも怖いなと。

もうちょっと生きてオリンピックは見たいなと。

——敗戦のときはどの部隊にいらしたのですか。

原田 泉大津の僕の部隊にいました。僕は小隊長だったから、陛下の放送があるということで、兵隊全員グランドに集めたんです。放送は何を言っているのかよくわからない。言葉も難しいし、陛下の声ももごもごしていたから。ただ、敗戦だということははっきり理解できましたね。泣けて泣けてさ。それは泣くよね、誰だって。あんなに苦労して。どうしたらいいかわかんないってことで。

——その時は将校であるなりに責任というか、そういうものを感じてたってことなんですか?

原田 さあ。そうそう、それからまだ話があるんです。僕はもうそれでいよいよこれは負けたんだと。少尉以上は切腹しようじゃないか、というようなことになるかも知れないなと。こりゃ、痛いだろうと(笑)。とにかく、これからどうしたらいいか、連隊本部へ行って命令を受領することになった。となると、先任将校の僕が行くしかないわけ。確か、馬に乗っていったんだな、連隊本部が接収した女学校まで。「連隊長殿に話を伺いたいけど、命令受領に参りました」。そしたら中尉が「何の話があるか?」って。何の話もかんの話もあるか、こんな大騒ぎしてるのに、バカめと思って、「これからわれわれはどうしたらいいのか、連隊長殿に直接伺いたいと思って来たんですよ」「これからって、何なんだ？」「ありゃ。連隊本部じゃ陛下のお話聞かれなかったですか？」って言ったら、「いや、聞いたけどわからへんし。言うてるだけや。さっぱり分からへんわ」って。冗談じゃないよ。だからこっちも頭きて、「どういうことだって、こういうことですよ。日本負けたっていう意味じゃないか！」っていうふうに。「そんなことは～ハッハッハッ」って取り合おうとしないから、よけいこっちは怒ってね。「連隊長はどこ行ったんですか？」って言ったら、連隊長は海水浴に行ったって。もう、とにかくすぐに呼び返せって怒鳴ってね。

――上官を怒鳴りつけたんですか。それにしても海水浴とはのんびりし過ぎてますね。

原田　その中尉さんも、二十歳の若造に怒鳴られてびっくりしたのか「はい！　わかりました！」なんてね（笑）。ようやく火がついた。火がついたのはいいけれど、その勢いで「じゃあ、将校はみな切腹しよう」なんて言い出されても困るなあ、なんて内心（笑）。

――泉大津はいつごろまでいらしたんですか。

原田　九月間際までいましたね。最後にね、連隊長が訓示を垂れてね。「日本負けたといって恥ずかしいようなことはしないように」とかなんとか。何を言っているんだ、そんなことは当たり前じゃないかと腹が立ってきました。本当に日本の陸軍っていうのはバカだなと。日露戦争は日本が勝ったけど、あれを指揮したのは江戸時代に生まれた最後の侍でしょ。それに比べ、大東亜戦争をおっ始めた、明治の男というのはダメだなあ。この目の前にいる連隊長も、うちの親父もみんなダメだ。本気で思いましたね。今も思っているから。

●前橋陸軍予備士官学校はもともと岩手県盛岡にあった士官学校を昭和十六年（一九四一年）八月、群馬県の相馬原の地に移設開校したもので、原田さんが入校した当時、校長を務めていたのは、幼年学校で石原莞爾と同期でもあった南部譲吉中将。ちなみに南部の父・東政図《ひがしまさみち》（通称・次郎）は、盛岡藩の勤皇派の元家老で維新後は外務省に入り清国で初代領事を務めた人物で、彼のアジア主義思想は石原に多大な影響を与えたという。千葉県鴨川市の主基小学校校庭にある大東亜戦争戦歿者慰霊碑は南部次郎の揮毫による。

大砲を馬で牽引させていたという話が出てきたが、山砲クラスだと砲を六個に分解しそれぞ軍馬の背に乗せ移動したようだ。弾薬箱は他の馬の両脇腹に吊っていた。いずれにしても砲兵隊は馬が頼りの部隊だったのである。それだけに馬はとても大切にされたという。演習中は軍馬が倒れると行軍に支障がでるので小休止があると必ず馬の背から砲と弾薬箱を降ろし少しでも負担を軽くするよう心がけた。兵が飲むよりもまず馬に水を飲ませ、丹念なブラッシングを忘れない。馬は本来とてもデリケートで臆病な動物だが、人馬一体の訓練に慣れてくるとちょっとの砲声には驚かなくなるという。軍馬もまた戦友なのである。

フランキ砲の話がでてくる。もともとこれは、十六世紀の大砲で、日本に入ってきたのは天正年間、キリシタン大名・大友宗麟が伴天連より購入したものが最初だというから、まさに兵器の骨とう品である。とても近代戦に使える代物ではなかった。われわれは戦争体験者に「敗戦を迎えたときどのように思われましたか」という質問をするのが倣《なら》いになっているが、同じように「この戦争は負けると確信したのはいつですか」という質問も用意するべきかもしれない。原田さんが、敗戦を覚悟したのは、この骨とう品を目にしたときではなかったか。靖国神社の遊就館にフランキ砲一門が展示されてあるので御存知の読者もおられるかもしれない。こちらは全長は二九〇センチ、口径は九〇ミリである。（但馬）

『キング』編集長に

――除隊されて、どちらの方に？

原田　九月末に故郷というか疎開先の和歌山に。東京に僕の下宿がありましたが、全部焼けてしまいましたからね。

――大学は復学されたのですか。

原田　復学しました。三年生だね。東京に戻って真っ先に向かったのが早稲田大学です。誰かいるかなと思ってね。「原田君か、君ぃ、しばらくだねえ」なんて声かけてくれる先生もいて。なんかすごく懐かしくてね、厭な先生かと思ってたけど、いい先生じゃないか、なんて思ったりして（笑）。友だちの顔、見つけるでしょ、「お互い生きて帰れてよかったなあ」。それで「あいつは戦死したらしい」「気の毒だなあ」という話になって。早稲田の学生だけでも何千人も戦死しているわけですから。

――卒業と同時に講談社に入られるわけですね。出版を選ばれた動機は？

原田　さっき言ったとおり、『少年倶楽部』の熱烈な読者だったんですよ。それに小説が好きでしたから。あの頃は、就職するのも大変で、社屋が焼けてしまったなんて会社はいっぱいありましたからね。まず募集を再開したのは新聞。朝日、毎日、読売に産経、日経。出版社も誰でも名前の知ってる大手、講談社、小学館、岩波、文藝春秋、それに改造社あたりはまがりなりにも採用をしていました。

――当時、企業の経営者や幹部が次々と公職追放の憂き目にあっていますね。特に出版界に対するＧＨＱの干渉ははなはだしかったと聞いています。

原田　ありましたね。特に講談社は右翼出版社だと思われていましたから。

——講談社でいえば、『少年倶楽部』の元編集長で終戦時、取締職にあった加藤謙一さんもパージされています。加藤さんはのちに学童社を立ち上げ、手塚治虫育ての親といわれる名伯楽となりますが。

原田　編集局長クラスはやられましたね。戦後の講談社は尾張（真一郎）さんという人を専務にしてスタートを切ったんです。尾張専務も『少年倶楽部』の出身です。

——逆に言えば、よくも悪くも新旧の血の入れ替えの時期とぶつかって、新しい試みもできるということで若手社員にとってはチャンスだったのではないですか。

原田　そうですね。ただ新しく人を入れるとしても就職難の時代で、来たい人はいくらでもいるし、復員して戻ってくる社員もいるわけだから、そこいらへん経営者はどこまで考えていたのかはよくわかりません。満洲、朝鮮にも支社があり、彼らも引揚げてくる。キングレコードという子会社も抱えていたし。

——キングレコードって講談社の子会社だったんですか？

原田　子会社というよりも、講談社ですよ。講談社のレコード部門だったんです。

——原田さんは戦前から続く大衆文芸誌『キング』の最後の編集長として知られていますね。

原田　『キング』は戦前は百万部雑誌などといわれ、講談社の看板でした。歴代編集長といえば、役員コースでしたから。だけれど、戦争が終わってから『キング』は売れなくなってしまった。誌面も古臭くて新時代の空気に取り残された感じで野暮ったかったし、大衆には、いわゆる講談社の右翼的なイメージ、戦犯雑誌という色眼鏡もあって。

――ああ、戦時中は国威発揚的な記事を売りにしていたわけですか。

原田　そうそう。僕なんかも会社の上の方から呼ばれて、『キング』をどうしたらいいと思う？　若い社員の意見を聞きたいって言われてね、正直に「もうやめた方がいいです」と言いましたよ、何度も。ええと、その当時僕は『キング』を一時離れ、『講談倶楽部』にいたんだ。『講談倶楽部』、この名前も古臭いよ。だから、僕が編集長を務めたといってもね、どうにもならなかったというか、雑誌には寿命があるのだなと痛感しましたよ。僕が編集長になったのが昭和二十八年（一九五三年）、『キング』の終刊が昭和三十二年（一九五七年）ですから四年間です。

『キング』の後継として僕が任された文芸誌が『日本』。雑誌のタイトルは、当時の国産乗用車トヨペット・クラウンを特賞に読者から公募したものです。圧倒的に『日本』『新日本』『日本人』という、〝日本〟がつくタイトルが多く、しかも年齢的には若い層がこれを送ってきた。『キング』の戦後世代版を、という編集コンセプトにもあっていたので、決まったけれど、どう考えてもこれもセンスは戦前でしょ。今思うとね、講談社＝右翼出版社という誤解から『日本』が付けば選ばれやすいという応募者の判断だったんじゃないかな。『日本』も低空飛行ながら昭和四十一年（一九六六年）七月号まで続きましたが、もうその頃は週刊誌の時代を迎えてました。

——読者の声が必ずしも正しいわけではない、わかります（笑）。お話を戻して、終戦直後の出版業界で一番苦労したのは何でしょう。

原田　いろいろ苦労はありますし、これは直接僕の部署とは関係ありませんが、とにかくどこの出版社も紙を確保することが最大の苦労でした。故郷にいくつか山をもっているという社員が「うちの山から木切ってきましょうか？」というようなことを大真面目に言い出したり。

——山から木を伐り出してパルプを作ろうと（笑）。

原田　その人は別に役員でもない一社員なんですけど、一応彼なりのご奉公の精神なんでしょう。まあ、会社も会社で「そうか、ひとつ頼むよ」（笑）。本当に木を伐採したかは知りませんが。

——原田さんが入社当時、出版界はまだＧＨＱの検閲を受けなければいけない時代でしたよね。

原田　そうそう。

――あれは自動的にゲラの段階で米軍の検閲に回るわけですか。

原田　そうですね。僕も新入社員時代に行かされました。当時GHQの本部があった日比谷の第一生命ビルに。寒くてね、重いオーバー着てGHQ行くと、中は暖房が効いていて、みんなYシャツを腕まくりしながらやっているんです。係はみんな日本人。英語ができるとかコネで入ってきたね。「ハイ、あなた講談社ですか?」なんて。偉そうに、と思いましたよ。

――GHQの検閲というのは厳しかったですか。

原田　そんな厳しいという印象はなかったな。われわれが異を唱えると、「そうですね」という係員もいる。一応聞く耳をもっているんです。私からすれば、戦中のコチコチの憲兵なんかに比べると、ずっと紳士的で進歩的でした。戦勝国の余裕のようなものを感じましたね。

――そうですか。朝日新聞でしたっけ、一度、輪転機を止められていますね。だからGHQの検閲というと絶対権力のような印象がありましたが。

原田　あれは何年だったけな、戦後、正式に招待されて初めてアメリカに行った日本のジャーナリストは僕なんです。『キング』の編集長ということでね。日本じゃもう売れない雑誌だし、『文藝春秋』なんかの方がよっぽど幅を利かしてたんだけど。アメリカじゃまだ『キング』というと日本の大衆雑誌の代表格。それの編集長というのは相当なもんだということで、呼ばれた。それはそれで悪くはないなと（笑）。なんというか、今の日本とあまり変わらないんです、アメリカ人の考え方。戦勝国民だからどうの、とかはなくて、非常にヒューマニズムがあるというか。やっぱり白人としてもあの人たちは優秀だったと思います。

三島・安吾・荘八…思い出の作家たち

――『戦後の講談社と東都書房』（論創社）という本の中で、原田さんがいろんな作家との交流が語られています。その中で特に印象に残ったのは三島由紀夫です。特に三島は原田さんが直に原稿を依頼して、それ以来のお付き合いだったとか。三島さんについて少しお話いただけますか。

原田　講談社入って編集者として一番やりたかったことは、作家との一対一の付き合いですね。池島信平さん（※『文藝春秋』編集長。文藝春秋社三代目社長でもあった）ほどじゃなくたって、古い編集者だとみんなそれをやっているわけですよ。本人を前に原稿を「これはああだな。こうだな」って、談笑の内に批判したり、書き直してもらうような交渉をしたり、いろいろできると。それがうらやましかったです。だけど、僕は戦後編集者になって訪ねていく先の作家というのは、山岡荘八とか山本周五郎とか海音寺潮五郎とか、そういった大衆作家の大物にしても四十代、五十代の大御所ですから、二十幾つの編集者が「これは違うでしょ」とははっきりは言えないじゃないですか。「君はどう思う?」と聞かれて「僕はこう思いますよ」ぐらいがせいぜいで。議論したところで、「君たちはまだ若いからわからないだけだ」とやり込められるのがおちだし。

だから、もっと友達付き合いをして、「この作品はなかなかいいけども、面白くないね。だから取れないよ。やっぱり娯楽性がなくちゃ困る」とか、はっきりしたことを言えるような人が欲しかった。

だから三島由紀夫が現れたとき、ようやく同世代の作家が出てきたなあとすごく嬉しかったんです。三島は僕よりひとつ年齢が下。当時はまだ東大の大学生でした。講談社では僕が真っ先に彼に会いに行ったんだ。

他に同世代でいうと安部公房、大衆小説では、山田風太郎とか高木彬光だとか。みんな二十代ですよ。

——坂口安吾についても書かれていましたね。

原田　安吾は『堕落論』で既に売れっ子でした。蒲田の安吾邸には日参してね。『講談倶楽部』に彼を引っ張って来たのは僕です。安吾さん、玄関の扉に「水曜日以外、面会お断り」って貼り紙がしてあるんだ。それくらい来客が多かった。当時の若い編集者はみんな安吾ファンでした。

――そういった新時代の作家たちとそれこそ一対一のお付き合いをしてこられたわけですね。

原田　たとえば、三島由紀夫さんでは、僕が一番感心したのは、バルザックやドストエフスキーにしても、同年代だから同じ時期に読んでいるわけですよ、それで感想を言い合うんだけど、僕が「それ懐かしい。あれ良かったね」で終わるところ、三島さんは「あのときにこういうことが書いてあるけれど、あの辺はどう思ったの?」「それは面白かったけども、あのときに出てくるジャレットっていうのが、もうちょっとこういうふうだった方がよかったかな」それから最終的にはストーリーだとか、それから作中人物を全部言うんだ、具体的に。そんなことはジャレットがなんだか、僕は忘れちゃっているから、適当に相槌打ってごまかしたけど。

――僕も忘れるクチです（笑）。西洋の小説って日本の小説と違って心理描写が細かくないから、翻訳が悪いと「彼」がなぜそんな行動を取ったかがよくわからなくなる。あと登場人物の名前ですね。一気に読めば別ですが、二、三日置くとこんがらってしまって。

原田　だから、われわれとは読み込みの度合いが違うんですよ。さすが東大ですね。その三島由紀夫が、『岬にて』というような小説を書くんだからさ。三島さんとしては、純文学の筆法だけで書いていたんじゃダメだと、やはりみんなが面白がるような雑誌小説を書きたいと思ったんだろうね。あの人もずいぶんと大衆小説を書きましたよ。それが「三島ともあろうものがこんなものを書くのか」「三流小説の真似をするな」と言いたかったけど、もうその頃は第一級の作家になっていたし、僕なんか「ダメだよ」なんて言える立場ではなかったね。

――確かに三島由紀夫の大衆小説は面白くないですね。あの人の文体のリズムが大衆小説に合わないんだと思います。

原田　うん。面白くない。それでもそんなのがベストセラーになるからよけい腹が立って（笑）。

――原田さんのお仕事でやはり記しておかなければならないのは、山岡荘八『徳川家康』というう大ベストセラー・シリーズですね。

原田　『徳川家康』は、僕が文芸局長時代でした。全二十六巻で、売り上げ総数でいえば、講談社の記録で未だ破られていないんじゃないかな。

当時、山岡さんはまだそんなに売れている作家ではなかったんですよ。その山岡さんから、地方新聞に連載していた『徳川家康』をぜひ単行本にしたいとじきじき頼まれて。取りあえず、新聞の切り抜きを預かって読んでみたんです。最初は、断る口実を探そうとね。ところが読んでみるとこれが面白くて止まらない。結局全部読み終わったあとは会社の窓の向こうが白々と明けていて。徹夜で読んでいたんだね。

――『戦後の講談社と東都書房』で発言されてて驚いたのですけど、このベストセラーで家康ブームが起きるまで、徳川家康という人物はまったく人気がなかった、と。

原田　それもちょっと二の足を踏みそうになった原因のひとつです。やはり大衆は立身出世の人・豊臣秀吉が大好きで、狸親父・家康はその敵役、「忠臣蔵」でいえば吉良上野介の役回りだったわけ。

――新選組も子母澤寛の『新選組始末記』が出るまで悪役のイメージしかなかったと聞いています。公安警察と極右テロを合わせたようなものですから。

原田　『週刊文春』がビジネスマン、経営者の必読小説というような紹介をしてくれて、それがいっそうブームに火をつけたんです。家康の、じっと耐えてチャンスを待つ戦略とか組織作りとかを学べと。

――思えば、秀吉の『太閤記』て、『のらくろ』の原型だと思うんですよ。草履取りから天下人へ♪どんどんふえる首の星、というわけです。『のらくろ』が戦前の少国民のアイドルだとしたら、太平を築いた家康は、高度成長を迎えようとする平和な時代のヒーローにぴったりだったのかもしれませんね。

原田　そうかもしれないね。

●いよいよ編集者・原田裕さんのスタートである。今では作家とのやりとりすべてを電子メールですませ、一面識もないままに本を作る編集者も少なくないが、この時代の編集者はとにかく作家のもとに足を運び、飲み、語らい、その中で本を作っていったのである。お話の中に坂口安吾にほれ込み、日参したというエピソードが出てくる。あの林忠彦の写真で有名な安吾の部屋だろうか。聞きそびれてしまったのが残念である。

三島由紀夫、阿部公房といった同世代の作家の登場を原田さんはことの外、喜んだようだ。新しい葡萄酒は新しい皮袋に入れよというが、それら新時代の作家の活躍の場として『キング』『講談倶楽部』はいささか古い皮袋に過ぎた、という思いもインタビューからは伝わってくる。原田さんの本領発揮は雑誌を離れ文芸部に入られてからであろう。数々の単行本シリーズをヒットさせている。

近年、ラノベという言葉をよく耳にするが、実は「ライト・ノベル」なる呼称を最初に用いたのは三島由紀夫だといわれている。純文学でもない、さりとていわゆる通俗小説でもないという意味で、自身の一連の大衆小説をそう称したのだ。さて原田さんの三島大衆小説の評価はインタビューにあるとおり、さんざんである。では、原田さんは大衆小説が嫌いかといえば、決してそんなことないというのは以下の言葉から伺える。

《今の言葉でいえば、小説の文化的格差もひどく、文芸誌も大衆雑誌もそうだったけれど、純文学と大衆小説なども同様だった。例えば吉川英治さんは講談社にとっては大作家であっても「小説の神様」志賀直哉先生から見れば、単なる多筆多作の時代小説家でしかない。それを揶揄して、志賀先生は僕に吉川さんは「偉い人」だといったことがあった。》《先ず、純文学・中間・小説・大衆小説・時代小説・探偵小説……といったレッテルを貼って、そのレッテルの中でしか作品を評価しないという日本独特の社会習慣を打破しない限り日本の小説は海外の評価は得られない。ノーベル賞は取れないという思いが強かったですね。》（『戦後の講談社と東都書房』）

純文学、大衆小説、中間小説の垣根を取り払いたいという思いで原田さんが仕掛けた企画が、新書シリーズ・ロマンブックだった。三島由紀夫、石川達三から江戸川乱歩、宇能鴻一郎までまさにボーダーレス、ジャンルレスのラインナップで、最終的にタイトル数は千点を超えている。またミステリー小説の発展、地位向上に原田さんが果たした役割も大きい。原田さんは日本推理作家協会名誉会員でもある。『少年倶楽部』を原風景にした原田さんには「文学」という言葉よりも「小説」という言葉がよく似合う。「おもしろくて、ためになる」は講談社創業者・野間清治の座右だが、原田さんにとっての小説はまさしく「おもしろくて、ためになる」ものに他ならない。原田さんこそ講談社スピリットそのものなのである。（但馬）

《二人目の証言》**江副隆愛（上智大学）** 元神風特別攻撃隊八幡護皇隊

天皇陛下のためにっていうと、
ちょっと遠すぎる。もちろん、
私たちの心の中にはそれ（天皇陛下のため）は
あるのだけれど、
その一歩前は日本の歴史だと思う。
だから仲間が突っ込んでいくと、
俺もついて行くぞ、
待ってろよ、と言えるように思ったんだよね。

《構成・但馬オサム》

中学校時代は絵描きになりたかった

――まずはお生まれから大学に入られるまでのことをお聞きしたのですが。

江副　私が生まれたのは大正十二年（一九二三年）の九月十日です。関東大震災（九月一日）の十日あとということになりますね。当時、私の生家は港区の芝にあったんですが、臨月だからというので母が鎌倉に小さな家を借りて、そこで出産の準備をしていた。そうしたら、突然の地震で家が潰れてしまったんですけど、幸い母も一緒にいた母の弟も私の姉も女中も誰一人けがはなく、私が生まれたわけです。

――鎌倉あたりまで相当な被害だったのですね。芝のお家は無事でしたか。

江副　芝の家も壊れていましたね。もうひとつ、芝の白金三光町にも家があって、そこは無事でしたから、どうにか生活することはできました。日東坂のあたりですね。

――当時、子弟を私大に入れるというのは、それなりに裕福な家庭に限られていたと思いますが、お話を伺っておりますと、江副さんのご実家もかなりハイソサエティだったようにお見受けいたしますが。

江副　私の祖父は江副廉蔵《れんぞう》といいまして、日本の陶器、いわゆる伊万里とか有田とかを外国に持っいって、反対に外国の煙草を日本に輸入する事業で財を築いた人物です。
皆さん方は日本の煙草産業の歴史に関しては岩谷天狗（岩谷松平）を思い浮かべるかもしれませんね。天狗のお面を被って宣伝し、それが話題になって岩谷氏は大成功した。でも岩谷の方は国産の煙草です。私の祖父の方はアメリカ煙草とヨーロッパの煙草を入れて金を儲けていた。これは噂ですが銀座で一番初めにガス灯が付いたのは江副の商店《ところ》だったという話があるくらい、非常に金持ちだったということ。日本の専売局を作るときも莫大な寄付をしたりなんかしているんですよ。

——それはすごいですね。

江副　それから、母の弟のひとり、つまり私の叔父さんにあたる人ですが、当時珍しく日本で西洋音楽をやっていたんですよ。大正七年（一九一八年）くらいにパリに行くんです。パリのコンセルヴァトワール（Conservatoire）という音楽学校に入って勉強していたんですけれども、日本にいるときに既に肺病だった。パリの空気というのが湿っぽくて、肺病持ちにはあまりよくなかったのか、それで病気が悪化してしまうのだけど。彼のお母さん——私の祖母にあたる人ですね——彼女のもとにパリの息子から手紙が届いた。「最後にぜひ会いたいから来てくれ」と。もう、病床で日本に帰る気力もなかったのでしょうね。
当時は、ひと月以上かけて船でマルセイユまで行って、そしてマルセイユから鉄道で丸一日かけてようやくパリといった具合でした。右も左もわからない異国の地でしたけど、幸運にもマルセイユで親切なフランス人と出会って、その人がパリの祖母の息子が寝ているところに連れて行ってくれたの。後で聞いたらその人はカトリックの神父だったんです。おそらくその神父さんは日本語ができたのかもしれませんね。

それから十日くらい経って息子―私の叔父に会えたわけだけど、私の叔父が亡くなる何日か前に、窓を指して「お母さん、あそこに見える建物はカトリックの教会で、ノートルダムだ。本当のキリスト教はカトリックだ。あの教会だ。ぜひ見てきてほしい」という言い方をして祖母に勧めたらしい。実はお婆さんはプロテスタントだったんですけど、息子に勧めらるままその教会に行ってみた。ああ、本当に立派な教会だと。それからしばらく経って叔父は死んでしまう。

――亡くなられてしまうのですか。

江副　高畠達四郎という画家をご存知？　のちに独立美術協会という美術のグループの中心的人物として知られる人ですけどね、その高畠達四郎が私の叔父の遺骨を持って日本に帰って来たそうです。叔父はあの藤田嗣治《つぐはる》ともパリで出会っていた。そういえば、わが家には藤田の絵がありましたね。私の母に贈られたものです。

――音楽と絵画の違いこそあれ、異国の地で日本人芸術家同士としての交流のようなものがあおありだったわけですか。当時のパリは後期印象派からアバンギャルドまで出てきて、美術史的には一番華やかな時代だったと思います。そういえば、高畠達四郎はノートルダム・ド・パリを描いた作品をいくつか残していますね。何かの導きのようなものを感じます。

江副 僕の生まれる前の話ですから、僕はその叔父と直接会って、そういった話を聞くことはできなかったけど、母や姉にはいろいろと話していたでしょうね。会ったことはないですが、叔父は素晴らしい人生を送った人なんだと思います。

それで、祖母は日本に帰ってきてすぐに、上野の近くの上富士前というところにあるカトリック教会（現・カトリック本郷教会）に行ったんです。その教会の神父（ペテロ・レイ大司教）に、パリでのできごと、死の淵の息子からノートルダムへ行くよう勧められたことなどを全部話した。そうしたらその神父がお祖母さんに、四谷の雙葉（高等女学校）に行って勉強しなさいと言ったの。それで、祖母が雙葉でいろいろカトリックのことを勉強している頃に私は生まれている。

――お祖母様は、お孫さんもいるような、かなりの年配になられてから、カトリックの女学校に通って勉強し直されたわけですね。

江副 そうそう。（プロテスタントと比べて）カトリックは面倒臭いんですよ。色々勉強しないといけないから。だから祖母はノートルダムを見て「素晴らしいな」と思って帰ってきて、一からカトリックの勉強を始めたわけ。試験もあって、洗礼を受ける。私が七つになるころでしたね、六本木の下に霞町というところがありますが、霞町のカトリックの教会で、家中、父以外はみんな洗礼を受けたんです。

私はそのときまでプロテスタントの東洋英和附属幼稚園に行っていたのだけれど、私の姉もそうでしたが、カトリックになったからというんで強制的に聖心の幼稚園に入れられて、そこから暁星小学校へ進んだ。暁星中学を卒業して上智大学という、カトリックの教育畑を私は歩いてきたことになります。

暁星というところは小学校二年からフランス語の授業があるんですよ。

——暁星は今でも第一外国語がフランス語ですね。江副さんが最初に学ばれた外国語はフランス語ということになるわけですか。

江副　卒業して三十年ぶりにフランス語の伝書を書くことになってね。ロンドンからパリの教会に宛てたもので、明日七時にパリの北駅に着くから迎えを頼むという。ちゃんと迎えに来てくれてましたよ。だから何年経っても基礎的なものを覚えていれば、なんとか使えるなと、これは実感ですね。

——外国へ行くとわかりますが、上手く喋ろうと考えるよりも、いかに自分の意思を伝えるかの方が大切かがわかります。

江副　私は暁星から上智に入って、そこでドイツ語も勉強したわけ。あの頃はドイツ語は盛んだった。上智はドイツ人の神父もいましたしね。

上智はドイツ語があったし、英語もフランス語もあって語学を学ぶには最適の環境だった。だから上智を出ればね、世界で通用する人間になれるというんで、一生懸命勉強していた人も多いですよ。私はあまり勉強しなかったけれど。

——江副さんは学生時代、将来はどんなお仕事につこうと思われていたのですか。

江副　私は絵を描きたかった。学校に行っても趣味で絵を描いているという調子だったから。

——やはり、芸術家志望でいらした。

江副　暁星時代の同級生なんかは親父が大使とか公使とか、そういう家柄の連中が多かったし、フランス語なんか夢中になって勉強していたのもいますよ。同級生の倉田というのは共同通信、昔は同盟通信と言いますけど、そこの通信員としてフランス行ったとき、向うでずいぶんフランス語を褒められたって言ってました。しかも、「なんで日本人なのに、アルザス訛りのフランス語を喋るんだい？」って。

——ああ、ドイツ訛りのフランス語ということですね。

江副　われわれの世代の暁星のＯＢにその名前をいえば、みんな「ああ」というね、「グッちゃん」というあだ名のフランス語の先生がいたんです。本名はグートレーベン。Gutleben は「よい生命」というドイツ語の名前ですよ。でも本人はフランス人で、アルザスの人なんです。フランス語ではＨを発音しないでしょ、でもその先生はよくＨを発音してしまうんです。本人も気にしていたのか、われわれにはいちいち「Ｈ（アッシュ）は発音してはいけない」、アッシュ、アッシュと言ってました。きっと、先生もドイツ風の発音が抜けきらず本国ではいろいろといやな思いをされたんじゃないですかね。

――アルザスというのはフランスでもちょっと複雑な地域ですものね。アルフォンス・ドーデの『最後の授業』でも有名です。おまけにドイツは歴史的にみてフランスの仇敵のようなものですしね。

江副　そうそう。そんなことも中学時代の強い思い出として残っていますね。

●東京西早稲田にある学校法人江副学園新宿日本語学校。江副隆愛さんが学園長を務めるその学校は、その名の通り、日本に滞在する外国人のための日本語の学校である。インタビューはその学校の教室をお借りして行われた。学校設立までの経緯などについてはのちほど伺うとして、ここでは江副さんの祖父・江副廉蔵を中心とした江副家の人々について触れてみたい。これがなかなかすごいのだ。

お話の中で直接触れられていないが、江副さんのお父上・隆一氏は十六歳から九年間、米ニューヨークの陸軍幼年学校、マンリュース士官学校に留学されており、アメリカ軍の近代兵器にじかに触れ、アメリカ流の合理主義にも精通した国際人だった。江副さんは子供のころ、その父親から「日本とアメリカが戦争になったら僕はアメリカの兵隊となって戦う」と言われ、不思議に思ったとのことだ。今憶えば、圧倒的なアメリカの物量に日本式の精神主義など敵うわけがないということを覚っての発言ではないかという。逆にいえば、その当時（昭和八、九年かと思われる）から既に、隆一氏のような一部の知識人の間では日米開戦が予見されていたということの証左ではないか。

その父、つまり、江副隆愛さんの祖父にあたる江副廉蔵は、一八四八年（嘉永元年）生まれの佐賀藩士で、オランダ人宣教師グイド・フルベッキについて英語を学び、長じては佐賀藩立海軍寮で英語を教えるほどに語学の才ある人だったという。フルベッキを囲んで、彼の塾生だった、伊藤博文、坂本竜馬、大久保利通ら四十四人の志士、のちの元老が一同に会した集合写真が残されている。いわゆるフルベッキ群衆写真と呼ばれるもので、この写真に関しては現在も真贋論争が絶えないが、写真最前列、「桂小五郎」とされる人物と「岩倉具経」と伝わる人物に挟まれ蹲踞する青年武士が江副廉蔵というのが、近年では定説となりつつあるようだ。同じ写真、フルベッキの隣にいる聡明そうな幼な子が彼の長男ウィリアム。隆一氏が留学するマンリュース士官学校の校長を務めていたのがこのウィリアム・ヴァーベック（ヴァーベックはフルベッキの英語読み。Verbec）その人だ。廉蔵はわが子を尊敬する恩師の息子のもとに預けたのだろう。あるいはウィリアムの強い推挙があったかもしれない。

ちなみに隆一氏の妻、つまり江副さんのお母上は日本画家の江副暢子《のぶこ》氏である。学生時代、画家を夢見ていたという江副さんだが、なるほど、海軍士官のOB会である水交会の画会展に作品「戦艦武蔵」を出典するほどの画才の持ち主、その素養は母上から譲り受けたものだった。暢子氏の父が毛織物の近代化に貢献した工学博士の大竹多氣で、この人も英語に堪能でウォルター・スコットの詩集の翻訳を残している。

さらにいえば、江副廉蔵の姉・美登は大隈重信の最初の妻。大隈との間に一女を残し、のちに鹿児島藩士・犬塚綱領と再婚、一男二女を儲けている。一時とはいえ、廉蔵と大隈重信は義理の兄弟であったのである。姉が離縁したのちも、廉蔵と大隈との間には終生交友が続いたという。廉蔵の長女・米鶴氏はポーツマス条約締結の際に小村寿太郎に随行した外交官・日下部《くさかべ》三九郎と結ばれ、次女・静子氏は日露戦争での英雄・児玉源太郎の二男貞雄に嫁いでいる。四男の要蔵氏の妻は夏目漱石の次女・恒子氏である。

江副さんはこれら〝歴史的人物〟たちと親戚関係にあるということになるわけだ。

江副廉蔵自身の話に戻ろう。廉蔵は得意の語学を活かし、一八七六年（明治九年）、アメリカ建国百周年を記念するフィラデルフィア博覧会に有田焼きの香蘭社の通訳として参加、日本の焼き物の海外進出の礎を築く。このとき廉蔵二十八歳である。一旦帰国した後、一八七八年（明治十一年）年に今度は三井物産ニューヨーク支店主任として再渡米、一八八五年（明治十八年）に帰国し銀座に「江副商店」を設立、直輸入のアメリカ煙草販売業を開始するのである。ハイカラ好みの西洋式巻き煙草はまたたく間に、それまで主流だった煙管煙草に取って代り、廉蔵は明治の煙草王として巨万の富を築く。これはインタビューで語られているとおりである。

日露戦争が勃発（一九〇四年／明治三十七年）、児玉源太郎は膨らむ戦費の一部を煙草の専売制による税収で補うことを思いつく。相談を受けた廉蔵は自ら開拓した利権を差し出し、専売局発足に協力している。また、戦後の日本経済の安定のためにたびたび私財をなげうったという。専売局長を務めた大蔵省官僚の大竹虎雄氏は江副さんの母方の伯父になる。

殷賑《いんしん》を誇った江副商店も廉蔵の病没（一九二〇年／大正九年）後、少しずつ傾きを見せ、関東大震災の被災、それに続く昭和の大恐慌の波を被りついに倒産してしまう。江副隆愛さんが生まれたのはまさに、煙草王江副一族落日の余光にあった。

生前の祖父もその栄華も知らない江副さんだが、戦後、一貫して語学教育に携わってきた江副さんの語学への強いこだわりと独自の国際感覚は、この祖父のDNAを引きついでのものであろうし、何よりも幼少時の環境に育まれたものではないか。環境といえば、やはり江副さんの教育者としての資質に大きな影響をなしているのがカトリック教徒としての信仰である。江副さんご自身はそれについて多くを語らなかったが、その柔和で慈愛に満ちた静かな笑顔がなによりもそれを物語っている。

パリで客死した母方の叔父で音楽家の大竹千里氏（日本で最初にオーケストラを組んだ人物として音楽史に名を留める）がどのような経緯でノートルダム寺院の荘厳なゴシック建築の佇まいに魅せられ、そこに救いを求めるようになったのかは、江副さんにもわからないという。Notre-dame（私たちの婦人）とは聖母を意味し、聖母信仰こそがカトリックの神髄であるともいわれているが、千里氏は死の床で呼びよせたご母堂に聖母を重ねていたと見るのは、通俗的な解釈に過ぎるか。

インタビュー中に登場する、もう一人の煙草王・岩谷天狗についても簡単に触れておく。一八五〇年（嘉永三年）生まれの岩谷松平（本名）は一八七七年（明治十年）に地元薩摩の物産販売店「薩摩屋」を開業し成功させ、一八八〇年（明治十三年）には煙草販売店「天狗屋」をオープンさせている。その際、天狗をイメージキャラクターにしたことで話題となった。愛称の天狗もそこに由来する。日清戦争では恩賜煙草を軍に納入して一気に財を成す。自宅に妻と愛人二十数人を同居させ、生涯儲けた子供は五十二人にのぼるというから、江副廉蔵とはまた違ったタイプの快男児（怪人？）だったらしい。その後、衆議院議員にも昇りつめるが、事業の方はやはり一代限りだったようだ。数多い孫のひとり、岩谷温氏は現在、NOVA、GEOSなどを傘下におく英会話ビジネスの大手・NOVAホールディングスの代表取締役会長である。明治のふたりの煙草王の孫がそれぞれ語学教育に携わっているというのは偶然としても面白い。（但馬）

大学生活をエンジョイ

――それで上智大学に進まれるわけですね。上智ではまず予科を？

江副　ええ、予科に入りました。

――上智大学というと、キリスト教系の学校ということもあって、外国人の先生も多く、当時としてはかなりモダンで洗練された学風だったのではないですか。ソフィア・ユニーバーシティ（sophia university）という英名に象徴されますね。

江副　実は、それで問題が起きたことがあります。私が入学する少し前のことですが、上智では有名な配属将校引き上げ事件（一九三二年／昭和七年）というのがありました。配属将校というのは、陸軍省から各大学高等学校に送られた将校で学校教練を指導する人。たいがいは、少尉か中尉くらいの若い軍人でした。

——映画やドラマでよくありますね。学生が鉄砲担いで校庭を行進させられたり。あれは一応授業の一環で単位をもらえると聞きました。

江副　ある配属将校が学生を引率して靖国神社を参拝しようとしたところ、何人かの学生が信仰を理由に拒否したんです。それで軍と大学側がもめて、配属将校を引き上げるという騒ぎになった。結局、大学側が折れてどうにか納まるんですけど、いろいろとあとを引いた。

時代としては満州事変（一九三一年／昭和六年）が始まっていましたし、軍部としては学校教育でも一気に右の方へ行かせたいわけですよね。でもカトリックは自分たちは中心である、真ん中である、だから、国家のために戦争に参加することをある意味で是とする靖国神社を参拝するわけにはいけないというようなことを言ったもんでやられちゃったわけ。

——となりますと、上智大学は軍部に睨まれたりとか。

江副　まあ、私なんかも軍隊に入るとき、ちょっとありましたね。口頭試問みたいなのがあって、「キリストと天皇陛下とどっちが偉いか」というようなことを質問されるんですよ。踏み絵みたいな話だけどね。私はうまく通り抜けたからよかったんだけど（笑）。それでダメになっちゃって士官になれなくてずっと兵隊のままだったという者もいるんですよね。

——日米開戦は一九四一年（昭和十六年）の十二月ですから、江副さんは（旧制）中学生でしたか？

江副　あのときは確か浪人じゃなかったかな。中学を卒業して一年浪人していたんですが、そのとき白金の家で開戦の放送を聞いてたんですよ。

——放送を聞かれてどのようなお気持ちでした？

江副　とても興奮しましたよ。やっぱり嬉しかったのね。よく言われるように緒戦は日本がずっと勝っていたんですよ。前の日、十二月八日の大勝利しか知らないわけです。だから軍艦マーチかなんかかかっちゃって、なんとも景気がよくてね。

——開戦までの世の中の雰囲気というものはどうでしたか？　ＡＢＣＤ包囲網に代表される英米の圧迫に一矢報いたということで、スカっとした国民も多かったというようなことも聞いたのですが。

江副　それ以前にも満州の戦争とかがあるわけね、片方では。でも国民はあんまり知らない。家族が行った人は、千人針ってご存知じゃないかな。千人針、そういうものを作ってもらったり慰問袋を送ったりするから日本が戦争しているなあということはなんとなく知っているし、しかしそんなにひどい戦争じゃなくて日本がだいたい勝っているんだと、ウキウキしているような状態だったと思います。

——開戦前から戦時中にかけて、とにかく暗い世相が続いたかのような印象を戦後生まれの僕らは植え付けられていますが。決してそうでもなかった？

江副　世間一般の人は暗いと言うかもしれないけれどね、大学生なんて今と同じですよ。学校サボって喫茶店に集まってね、みんなでワイワイやってましたよ。上智というのはカトリックで、ちょうど向かい側が同じくカトリックの雙葉《ふたば》でね。ああ、雙葉の女学生とお友達になりたいなあと（笑）。声をかけられるわけもなし、うじうじして。そういうような年代です。

それから、レコードなんかもどんどん出てきて、それを聴くのが当時の学生のスタイルだった。新しい文化が入ってきたんじゃないですかね。映画もトーキーが始まって、いろんな作品が封切られて。映画はよく行ったな。それこそ学校サボって、大河内伝次郎の『丹下左膳』からハンス・ヤーライの『未完成交響楽』とかね、いろいろ観ました。

——学生時代の座右の書などありましたら、教えてください。

江副　『ジャン・クリストフ』（ロマン・ロラン）かな。上智だったから『みずうみ』（テオドール・シュトルム）なんかはドイツ語で読みましたよ。『ジャン・クリストフ』は長いでしょ、引き込まれるように読んだな。音楽が好きだったから、ベートーヴェンとか聴いていたし。

——『ジャン・クリストフ』はベートーヴェンがモデルでしたものね。

江副　だからね、自分としては本当に楽しい学生生活を送っていたわけですよ。

昭和十七年（一九四二年）四月にね、アメリカによる初の空襲（ドーリットル空襲）が東京にあったんです。まだそのときだって、戦争のことなんかよくわからない。私たちは上智のグランドで何かダべっている最中で、そのとき飛行機が飛んできて爆撃している。見たこともない飛行機で、あれはひょっとして海軍の飛行機かと。陸軍の訓練はやらされて知っているけど、海軍のことは知らないから。ああ、海軍の飛行機が飛んでる、素晴らしいなあと歓迎していていたくらいで。それくらいボケていたの。

——大学で教練は復活していたのですね。

江副　（騒動の）影響は残っているけれども配属将校自体は来るんです。私たちの担任の配属将校は、名前は忘れてしまったけど、やけに甲高い声でしゃべる人でね。

その将校に連れられて習志野の訓練所に行きましたよ。われわれは兵舎に寄宿するんですが、夜静かになったあと、仲間の誰かがぽつりと「こんな月のきれいな晩は、一高（旧制・第一高等学校）の連中はデカンショを踊るんだ。俺たち上智もいっちょやろうじゃないか」というのね。それでみんなでデカンショを踊ったのはよく覚えている（笑）。

――上智とデカンショ節はちょっとイメージに合いませんね。

江副　当時、上智に入ってくるのはストレートで入るんじゃなくて浪人してくるような人が多かった。一高とかを受けて落っこちたのが上智に来たんですよ。そういう連中が、このときばかりに夢をかなえたかったんじゃないかな。

――一高生のバンカラな雰囲気に憧れのようなものもあったわけですね。

予科を終えて学部の方に入られたのが昭和十八年（一九四三年）でよろしいですか。

江副　そう。一八年の四月じゃないですかね。そのころはもう、繰り上げ繰り上げでね。上智は二年と三年とあったの。それでも二年のは一年で終わって、三年のは二年で終わって繰り上げ。

――そして同年の十月に理系以外の在学徴集延期が解除になる。これがいわゆる学徒出陣なのですけれど、上智は理系の学部がないから、ほとんどの学生が対象になりますね。

江副　全員ではなかったと思います。行っていない者もいましたね。

今言ったように、私らなんかは、戦争のことはあまり考えないで楽しい学生生活をそれなりに送っていたような気がします。どこでどの部隊が負けたとかはニュースとして入ってこないわけだから。そしてニュースは映画で、負けたことは報告しないわけですよ。だから皆景気がよい戦争をやっていると思い込んでいるのね。気分的に楽で。これはもう危なくなったと知るのはずっと後です。

――江副さんご自身は徴兵猶予が解除になったと知らされたときはどのように思われましたか。

江副　通常は、二十歳になれば兵隊に行くと決まっていましたからね。延びていたのが早まって通常になったという感じで。まだ死ぬとかなんとかは考えていないからね。徴兵検査が早まったにすぎないと思うくらいです。むろん中には軍隊に行きたくないとかいうのもいたけれど、ほとんどの連中は、日本の男はみな徴兵検査受けるんだからという気持ちで受けているはずだから

徴兵検査は本当は陸軍なのね。陸軍がやっているわけ。でもそのときは海軍も一緒にやっているわけ。徴兵検査のときに身長とかいろいろ測って、そして一番最後に海軍に行くか陸軍に行くかって聞かれるわけですよ。私は海軍を望んでいたから海軍に行きますと言ったけどね。選ぶ権利はあった。（海軍に）入れるかどうかは別として。

——最初から海軍志望だったのですか。

江副　親戚とか友人に海軍将官の子供が多かったしね。自然に海軍に憧れていた。

——結構希望は叶えられるものなんですか？

江副　いや、陸軍は兵隊を集めたかったからね本当は。だから陸軍行きは多くなる。海軍に行きたいと言ってもダメだって言われるのもいるわけ。お前は体力がありそうだから海軍なんかもったいない、陸軍に行けとかね。

——逆に言えば海軍の方が志願者が多かったんですね。

江副　カッコよかったからね。当時の二十歳《はたち》くらいの気持ちになってみてくださいよ。陸軍か海軍選べと言われたらどうする？　海軍の方は何ごとにもスマートなんですよね。陸軍は歩いてばっかりでしょう。寝っ転がったりさ。

——匍匐《ほふく》前進ですか。

江副　でも、どちらを選べと聞かれても、素直に「私は海軍に行きたい」と言えない雰囲気もあった。実際、言えなかった学生も多かったんじゃないかな。

——その意味では、江副さんは希望が叶えられたわけですね。徴兵検査は東京で受けられたのですか。

江副　そうそう。みんな本籍のあるところに戻って。私は東京でした。本籍によって分けられた。だから一緒に遊んでいた仲間でも九州で受けるとかね。私は東京だから、陸軍だったら三連隊に入っていたかもしれない。

――学問を放擲《ほうてき》して軍隊に入られるということに悩みはありませんでしたか。

江副　あ、ううん、僕はサボっていたほうだからね。東大の学徒兵が残した遺稿集とか読むと、勉強ができなくて残念だなんてことがつらつら書いてある。だから本当に勉強をやりたい連中は、そこは心残りだったでしょうね。真面目に勉強をやりたかったたって。

でも学徒でもね、東大生の日記が戦後になって出版されたりするけど、ほんとうによく勉強していたんだなあと感心する。僕なんか勉強は熱心ではなかったけれど、へんなところが真面目だったから、日記を書いちゃいけないって言われたから書かなかったんですよ。書いているやつがいっぱいいるんだもんね。

――日記をつけてはいけない理由はたとえば、時局を批判したりとかがあってはならないということですか。

江副　批判じゃなくて、何をしたかということを知られちゃまずいわけ。日本の海軍ではこういう教育をしているとか、こんな訓練があるとか。スパイみたいなのがどこにいるか分からないから日記を書いてはいけないと。これは分隊長に言われたな。規則としてそうなっているって。

――いわゆる神宮外苑での雨の壮行会についてお聞きいたします。テレビなどで当時の映像を見ると悲壮感たっぷりな雰囲気で紹介されますが、実際はどうだったのでしょう。

江副　雨がザーザー降っていて、その中を行進してね。スタンドで女の子たちがわあわあと大騒ぎしてというような。すでに兵隊に行くことが決まっているわけだし、だから覚悟は持っているから真面目に歩きましたよ。壮行会出ないでサボるのもいたね。いちいち出席は取らなかったから、誰がいかなかったかというのはわからない。あとで「俺は行かなかったんだ」と偉そうに言っているヤツもいたし、サボって悪かったなあと言うのもいた。でも神宮いっぱいを埋めつくさないといけないから、来い来いでやってるわけですよ。東京近辺の七十七の学校の学生が八〇名くらいずつ来ているわけ。僕は出席しているんです。雨の中歩いて自分としては一生懸命やっているつもりだったけど。

――そういう意味では江副さんはとても真面目な学生でいらした。

江副　ほんと、そう思うよ（笑）。

●大学生活を中心にお話を伺った。

上智大学はあのフランシスコ・ザビエルを日本に派遣したイエスズ会ゆかりの大学で、創立は一九一三年（大正二年）というから、ゆうに一〇〇年の歴史を誇る。東京四谷駅にほど近いキャンパスに隣接する教会は、これまた由緒ある聖イグナチオ教会（カトリック麹町教会）である。

上智大学配属将校引き上げ事件についてもう少しくわしく解説しておこう。

一九三二年（昭和七年）五月五日、当時、上智大学予科に配属されていた陸軍将校が、学生六〇名を引率し靖国神社を参拝した際、カトリック信者の学生二名が参拝を見送ったことに端を発する。これを問題視した陸軍は配属将校引き揚げの意向を示したのである。当時、学校教練を履修すると二年間の兵役が十か月短縮されるため、学校教練の実施は学生獲得の点からも重要であり、また軍との軋轢は学校経営に関するさまざまな不利益が予想されていた。

この事態を受けて、東京のカトリック指導部と文部省は、靖国神社の参拝が「教育の一手段」であり、神社で行われる行為は「純粋に世俗的で政治的なもの」と公的に示し、教会が神社参拝を受け入れられるようにする妥協案を練り上げた。日本カトリック教会の東京大司教アレキシス・シャンボンは九月二十二日付で文部大臣鳩山一郎宛てに手紙で妥協案を提示し、九月三十日付の文部次官粟屋謙からの返信で、「敬礼ハ愛国心ト忠誠トヲ現ハスモノ」との回答を得たという。とりあえずカトリック教会は、この返信をもって「靖国参拝は宗教行為ではない」と理解し、神社参拝を許容することで事態の収拾を図ろうとした。

ところが、十月一日付の報知新聞が事件を報じ、これによって火がついたメディアが一斉にカトリック教会を非難。事態を重く見たカトリック教会は、カトリック教会の国家や忠君愛国についての見解を示し誤解を解消する『カトリック的国家観』を出版することで、カトリック信者にも愛国・忠君のための神社参拝が許容されることを公けに示したのである。そして、学長以下、神父、学生に至るまで靖国神社へ参拝するようになる。今日、この準戦時体制での軍部への妥協を「屈服」「宗教的背信」とし、当時のカトリック教会の対応を批判する声も少なからず関係者から上がっているのも事実である。

なお、江副さんご自身の靖国神社に対する思いはインタビュー後半に語られているので、そちらをお読みいただきたい。

大東亜戦争勃発の前後の時代を、いわゆる「暗い時代」と呼ぶのが戦後マスコミのお約束となっているが、その「暗い時代」の中でも江副さんは学生生活を充分謳歌していたようである。そもそも、特定の時代が暗いか明るいかを論じるのは主観的判断に頼らざるを得ないのであって、当時を知らぬわれわれが性急に「暗い」と決めつけるのは傲慢不遜なことかもしれない。江副さんも自身の学生時代を思いめぐらしながら、東大学徒兵の遺稿集に綴られた悲壮感漂う青春に少なからずギャップを感じていられるようだった。

デカンショ節の話が出てくる。兵庫県篠山の民謡をルーツとするこの歌は学生歌としても知られ、そちらの発信元は篠山出身の旧制一高の水泳部員だったともいわれている（諸説あり）。

♪デカンショ、デカンショで半年暮らし　あとの半年寝て暮らす

のデカンショが、デカルト、カント、ショーペンハウエルを意味するというのはあくまで俗説に過ぎないが、学生気質というものを実によく表していると思う。もう少し世代が下った学生は、デカンショでなく、マルクス、エンゲルスで半年暮らしただろうし、サルトル、フーコーで半年暮らした仏文科の学生もいたことだろう。このどこか人を食ったオプティミズムこそが学生の特権なのかもしれない。

文学、音楽、映画、の趣味にも江副さんの御人柄、それに上智という学風がしのばれる思いがする。当時、慶應ボーイや青学のトッポい学生の間では玉突き（ビリヤード）が流行っていたそうだが、江副さんに水を向けると「玉突きは大人の遊びだと思っていたから。僕らはせいぜいピンポン（卓球）をやりにいくくらい」だそうで、ご自分でおっしゃる通り、かなり真面目な学生生活を送られていたようだ。（但馬）

武山から魔の土浦へ

——最初の訓練を受けられたのが横須賀でしたね。

江副　横須賀の武山海兵団。泉岳寺に集められてね、あそこの側に引き込み線がいっぱいあるでしょ。電車に乗って横須賀、逗子に行く。逗子から歩いて武山航空隊、海兵団に行くわけ。

——芝高輪の泉岳寺。芝といえば、地元ですね。

江副　入隊して驚いたのはね、陸軍は新兵用の服とか一式人数分全部揃っているでしょ、海軍はね、揃えていなかったんです。だから水兵服に角帽—学生帽だね—とか、反対に学生服に水兵帽とか、水兵なのに赤い靴とか、滅茶苦茶でした。あと服のサイズも大中小があるんだけど、配っているうちに足りなくなっちゃうから、体の大きいヤツに中サイズがいっちゃってね。「これ小さ過ぎます」なんて言うと、「貴様、服に体を合わせろ」なんて、そういうようなことを言われて僕らの海軍生活第一目は始まったんですよ。だから最初の一週間は服装もちぐはぐな感じ。一週間後にはどうにか全員（服装が）揃いましたけど。

——もともと海軍は陸軍と比べて人員も少なかった。そこへ学徒兵が来て一気に人数が増えたために供給が間に合わなかったんでしょうね。

二カ月間の武山での訓練期間というのはいかがでしたか?

江副 大変でしたね。訓練訓練で。カッター(ボート漕ぎ)とか。班に分かれて棒倒しとかやらされて、負けると夕ご飯抜きですから。寝るときのハンモック吊るんだって一苦労ですよ。引っかけるのがまず難しい。ひとつ吊るのに五分くらいかかっちゃう。遅い、遅いと怒られてね。でもね、武山の最後のあたりでは五十秒でできるようになるんですから。楽しかったですよ。今でもやってみたいなあと思うから。

——訓練のきつさを除けば、他に辛い目に合うようなことはなかったのですか。

江副 でもこれも面白いんだけど、軍隊によって違うんですよ。武山では私たちは一度も(教官に)殴られたことはなかった。隊長が、殴ったりしてはいけないということを言い聞かせていたんです。彼ら、つまり私たち学徒兵は、もうじきすれば、お前たち(教官)よりずっと(階級が)上になるんだと。今ボカボカやっていたらお前たちはどんな目にあうかわからないぞ、と言うんです。

隊長がそういうんだから、みな大人しくしていた。私たちに失礼なことをやった人は誰もいませんでしたね、まあ武山の場合は。でも他の軍隊では殴ったりいじめたりするのがいっぱいいいたらしい。遺稿集を読むとね。

——予備学生は幹部候補で、それを教える教官が下士官です。教える先生が生徒より階級が下という、ある種の矛盾ですよね。

江副　武山での仕上げは骨相です。骨の相と書いて骨相。最後に検査があって、占い師のおじさんが骨格を見る。彼らの前に立たされ、右向いて、左向いて、「よし」って。

――以前、やはり元予備学生の方から伺いました。海軍では飛行機乗りの適性を調べるのに、手相と人相を見るのだと。やはり占い師が来ていたそうです。なんでも山本五十六さんが、占いとかに凝っていたとか。

江副　手相はなかった。骨格を見ていました。身体検査の一番あとに。でも考えてみると、占い師に「よし」と言われたヤツは本当は死なないで帰ってくるはずでしょ。死ぬための「よし」じゃないんだから。「よし」って言われたのが飛行機に乗って特攻隊で死んじゃうんだからね。あの占い師はインチキだ（笑）。

――骨相のおかげでしょうか（笑）、江副さんはみごと土浦の海軍航空隊に配属が決まりましたね。そのときは心境はいかがでした。

江副　男の中の男！　嬉しかった。どうせ死ぬんだなんて考えているけれども、その前に飛行機に乗れるということは嬉しかったね。ある意味で憧れでしょう、当時の若者の。

航空隊で土浦に行くと言われた時は、まだ殴られる経験がなかったから、天国かという気持ちでいるわけですよ。

横須賀の水兵が終わって、汽車で土浦まで行くわけです。線路は山手線の上を通るけど、貨物線の方を通る。汽車の窓から外が見えて、目黒、恵比寿、渋谷を通って懐かしい人たちの顔を思い出しながら土浦についた。

土浦についたときはもう夜でしたよ。そして初めて航空灯台というのを見たわけ。赤いランプが見えて。ランプだけ見るとすごく近くに見えるんだけどね。

土浦の駅を降りてみんな歩くわけ。灯りが見えるからもうじきだと言って歩くんだけど、それがなかなか着かない（笑）。結局、四キロぐらい歩いて、大門を入って、一端出てまた戻ってくる。学生舎があるから。

――土浦というと僕らは予科練のイメージがあります。

江副　予科練で有名ですね。その後、予備学生も訓練を受けるようになったんです（昭和十六年から）。

土浦について、まず格納庫に集められた。そのとき初めて潤滑油の匂いというものを嗅いだんですよ。いやあ、あのときは緊張したね。ああ、俺は飛行機を乗りに来たんだと。

――飛行機乗りになるんだという実感と興奮でしょうか。

江副　それだけならいいんですけどね。格納庫で点呼があったんですよ。あるヤツが寝ぼけていたのかなんなのかわからないけど三回名前呼ばれても答えなかった。これは大変なことで、四回目に呼ばれて出て行ったんだけど、「貴様何をぼやぼやしているんだ」。それで、ですよ、その後、足を開けというわけ。それで足を開くんですよね。歯を食いしばれ、いいか行くぞと。ボカンと。初めて仲間殴られるのを見た。それでものすごく緊張したよ、そのとき。武山ではお客さん扱いだったから殴られたこともなかったから。

それから土浦は、魔の土浦（笑）って。いろんなことで殴られて。来る前まではね、土浦は東京に近いし、外出のときは東京に遊びに行けるぞぐらい思っていたけど、とんでもない。外出だって土浦の街をぶらぶらしてライスカレーを食べて帰ってくるのが関の山でしたよ。

——武山のようにはいかなかった。

江副　それでも楽しかったのは、家族の面会でしょうかね。大抵みんなボタ餅を持ってきたね。軍隊は麦飯で、慣れちゃえばそれも美味いんですけど、とにかくあんまり甘いものを食えないからね。横須賀は外に出ることはできませんでしたけど、土浦に行ってから甘いものが食いたくて、薬屋に行って、ハリバ（肝油）を買って飴代りに舐めて喜んでましたよ。そんなわけで、食い物についてはあさましかったかな（笑）。

士官になった！

——土浦で晴れて士官になられたわけですが。

江副　二月の一日でした。今まで水兵で一番したから、二等水兵だったのが、六階級飛び上がってね。あの時は気分よかったな。今までの水兵服を脱ぎ捨ててね、これで士官になるんだという感じ。

制服に袖を通したときは嬉しくて嬉しくて。僕だけじゃなく皆そうだった。今度は支給品もちゃんと揃っていたしね。

——士官ですと、短剣も下げて。

江副　そうそう。あれ着けるは結構難しいのよ。クルっと回してね、カッコいいんだ。今やれと言われてもできないかもしれない。

でもそのころになると短剣は……海兵（海軍兵学校）の連中は本当の剣なんだけど、うちらに回ってくるのはインチキくさいの。刃はアルミニウムかなんかで出来ているような、鞘もプラスティックかなんかで、そんなものもありましたよ。急に数を作らないといけないから形だけでもね。みんなに配られたけれども、俺は嫌だって言って自分で作った者もいる。

——陸士の軍刀、海兵の短剣は自前だったらしいですね。

江副　二月からは美保というところに行くんです。鳥取県の今の米子空港の隣に古い兵舎かなんかが残っていましたよ。でも今はもう取っ払っていますけどね。

土浦から汽車で行くんです、鳥取に。走りっぱなしで止まりはしませんでした。米子に着いて、まずどこ行ったかというと写真屋です。士官の制服姿の写真を撮ってね。嬉しくて嬉しくていろんなヤツに配った。

——米子で飛行機の訓練が始まったわけですが、最初に飛行機に乗ったときはいかがでした。

江副　最初は練習機の赤とんぼ。初日は先生が前、学生が後ろで飛び上がる。それがうまく飛ぶんですよ、当たり前だけど。真っ直ぐ行って飛び上がって二〇〇メートルくらい旋回していろんなことがあるんですけど、ひっくり返って飛んでみたりね。宙返りしてみたりね。面白かった。二日目は違うんですよ。今度は学生が前。

——いきなり二日目には操縦桿を握らされるわけですか。

江副　そう。後ろに先生がいる。伝声管というのを使って後ろの教官と話しができる。ガス管みたいなのがくっついているの、飛行機に。「教官聞こえますか」「聞こえない」とかいうわけ。こっちは慌てているでしょう。だから耳につける方を口につけて一生けん命喋っている。耳と耳だから聞こえてこないの。こっちは気が付かないから、「聞こえますかー⁉」と言っても何も言わないわけ。そうしたら急に向こうが替えるんでしょうね。そうすると聞こえるようになったから、「馬鹿野郎！」と言われる。

最初は教官の座席は操縦桿が外れるのかと思いましたよ。ポカリとやられますから。実際は棒を持って教官はいるんですよ。こっちが失敗すると殴るわけです。陸軍の方は逆だから殴れないけど、海軍の方は後ろに教官がいるから殴るわけ。こっちは一生懸命まっすぐ飛んでいるつもりなんだけど殴られるたんびに飛行機は揺れてね。

最初からこんなに殴られて、こりゃ先が思いやられるなと、翌日みんな考えたの。飛行帽の下にタオルを三枚か四枚重ねて、殴られても痛くないように。痛かったけどね（笑）。そういうようなのをやりましたよ。

——やはり、殴られるのは相当堪えましたか。

江副　そりゃ、殴られればその瞬間は「この野郎」って気持ちにもなったけど、実際考えてみると教官も命がけですよ。自分乗せて操縦しているヤツが素人なんだから、下手すりゃ落っこっちゃう。だから向こうは殴るのは当たり前なの。今はそう気がついたよ。

——当時教官でついた人というのは、その前に戦地にいて帰ってきた人たちが主ですか。

江副　まあいろいろなのがいましたよ。外出するたびに殴るヤツがいたし。でもだいたいは内地勤務の人、戦地帰りの人もいたけどね。われわれ飛行機の教官は中尉くらいだな。外地に出ないで日本だけで訓練をやっているうちに教官になったのもいる。戦闘経験がまったくない人もいました。土浦のときの分隊士は大きな火傷をしていました。チモール島でやられたと言ってましたね。

●横須賀第二海兵団は昭和十六年（一九三一年）十一月、神奈川県三浦郡武山村に設置され、昭和十九年一月に武山海兵団に改称。現在は陸自武山駐屯地・海自横須賀教育隊に転用されている。本来は軍港の警備や艦船などの勤務を免ぜられた下士官を収容し必要に応じて艦船その他の定員を補うのを目的とした施設だったが、志願兵、徴兵、補充兵の新兵教育の機関の役割も担っていた。ちなみに江副さんが入団時の海兵団長は勝野実少将（海兵第四十期）である。

学籍をもって海軍に志願した者を一般に予備学生（第一〜十三期）と呼ぶが、徴兵組である第十四期（いわゆる学徒兵）は、兵科予備学生試験に合格して初めて予備士官となるわけで、入団時は大学生であっても階級は二等水兵である。手持ちの資料によれば、昭和十八年の学徒兵の場合、四三一三人の学生が入団、そのうち三三五四人が晴れて兵科予備学生に合格、とあるから千人近くは何らかの理由で落伍、士官へのパスポートを手にすることができなかったことになる。エリート・コースといわれた予備学生制度だが、内実は想像した以上に厳しいようだ。

海軍で飛行機乗りの適正を審査するために観相（人相、手相、骨相）を観たという話は有名で、かの撃墜王・坂井三郎氏の回想録の中にも登場する。これを担当したのが、海軍省嘱託の肩書きをもつ水野義人という観相家である。

水野は順天堂中学出身で、若い頃から観相学に長じ、また独特の霊感の持ち主としても知られ、関東大震災を予言して周囲を驚かせたこともあったという。彼が海軍と縁をもつようになったのは、大西瀧治郎中将（特攻隊生みの親として有名）との知己によるものとも、霞ヶ浦航空隊における殉職や事故が多いことに苦慮していた航空隊副長・桑原虎雄中将が水野氏の評判を聞きつけ相談をもちかけたことがきっかけともいわれているが、最終的に彼を海軍省嘱託に任命したのは山本五十六の鶴の一声だったという。実際、彼が任命されてから、訓練中の事故は激減したというから面白い。また、日米開戦、その戦局の行方をぴたりと当てて山本をして「本物」と言わしめたという逸話もある。

昭和十一年（一九二六年）から終戦までに、水野が適性を判定した訓練生、予備学生は二十三万人に及んだという。

インタビューでは続いて、士官になった喜びとともに訓練の様子がユーモアをまじえて語られている。

土浦海軍航空隊は昭和十五年(一九三〇年)十一月、霞ヶ浦海軍航空隊から予科練習部を移転する形で設立された。翌年から飛行予備学生の飛行訓練も行うようになった。さて、江副さんら第十四期予備学生のうち飛行専修者は昭和十九年二月から土浦・三重航空隊で四ヶ月間の基礎教育を受けることになる。

「赤とんぼ」は、正式名称・九三式中間練習機。複葉、複座式で、骨格は木製でなんと布張りだったという。ボディの塗装は橙色で、赤ではなかったらしい。旧海軍のパイロットは一人の例外もなくこの機で飛行機操縦のイロハを学び、それだけに愛着もひとしおのようだ。実際に、安定性、操縦性、実用性に優れ、あくまで実戦性を別とするならば、充分名機と呼ぶに足りるとする旧海軍関係者の少なくない。

この赤とんぼ、大戦末期の沖縄戦では、二五〇キロ爆弾を積んで特攻作戦に駆り出され出陣し駆逐艦キャラハンをみごと撃沈するという戦果も挙げている。ただでさえスピードの遅い旧式の複葉機が敵艦に覚られることなく接近し、なおかつ苛烈な対空砲火を低空飛行でかいくぐることができたのは、ひとえに木製の機体が敵のレーダーに引っ掛かりにくかったためといわれている。

昭和十九年五月、土浦航空隊で操縦専修過程を終えた江副さんら一一二〇人は、出水(鹿児島県）、谷田部（茨城県）、第二美保（鳥取県）、博多（福岡県）、鹿島（茨城県）、北浦（茨城県）、詫間（香川県）の各航空隊に配属されるのであった。（但馬）

艦爆、そして特攻のこと

――江副さんはその後、特攻隊に志願されるわけですね。昭和十九年十月、レイテ沖海戦で、最初の特攻隊がフィリピンから飛び立ち、アメリカのの護衛空母セント・ローを撃沈するという戦果を上げています。当然、江副さんのいらした土浦にも届いていたと思いますが。

江副　十月になって聞かされました。私たち土浦から来た四十人が召集かけられて、分隊長から説明を受けたんです。

「先ほど海軍省の方から発表があった。関（行男）という男がフィリピンで特攻を行ったと。その関というのは自分の海兵（海軍兵学校）時代の同期生だ」なんて話が始まって、同期生が敵艦に体当たりして散ったのに、俺がここで教官やっているのは心辛いとか、心をしめつけられるような気持ちがするとか、真剣な表情で話されたから、僕たちは聞いていて本当に緊張してね、うちの分隊長はそういう考えなんだ、俺たちもやらなきゃいけないっていう、そんな思いに自然となりましたね。それで「貴様らは特攻隊へ志願するか」と聞かれた。

――関行男さんは最初の神風特別攻撃隊「敷島隊」の隊長でした。江副さんの上官がその方の同期でいらしたのですか。その場で特攻の志願を募った？

江副　映画とかに出てくるでしょ、整列して「志願する者は一歩前に出ろ」というやつ。みんな一歩前に出たわけ。学徒の遺稿集にも出てくるから嘘じゃないとは思うけど、一歩前に出ろと言われてたじろいだとか、出ない者がいたとか（遺稿集には）書いてある。でも私たちの時はみんな一緒になってパッと一歩前に出たな。分隊長の同期生が特攻したという話がショックで、それも影響していると思うけどね。

――そのときに初めて特攻隊というものを知ったわけですか？

江副　実は敵艦に突っ込むというのは、それ以前にもあったんですよ。日米開戦のハワイ・マレー沖のときにも、突っ込んでいますしね。だから特攻自体はよくわかるんだけど、まさか自分のところに来るとは思ってないわけよ。頭の中では俺は出るっていう気持ちはあるんだけれど、何しろ行かないかもしれないという余裕はあったのね。十月の時点では。その次の年（昭和二十年）になっちゃうと、話を聞かなくても一歩前に出るという気持ちにはなっているわけ。

――そのときはまだ、公式な志願ではなく、決意を確認したということですか。

江副　まだ自分たちは訓練の段階だからね。飛んでいっても役に立たないから。切羽詰まった気持ちにはなっていないわけですよ。

そして、昭和十九年（一九四四年）十二月に宇佐（大分県）の航空隊に入隊するわけですけど、私が選択したのは艦上爆撃機。戦闘機ではなく、とにかく艦爆乗りになりたくてね。

――なぜ、艦爆を選ばれたのですか。

江副　艦爆というのは飛行機の中の飛行機。艦爆乗りは男の中の男ですよ。上空から突っ込んで、敵艦の爆弾を落として一気に上昇する。急降下爆撃。機体も重いけど、それだけ操縦者の力量がものをいうんです。どうせ、飛行機乗りになったんだから艦爆だとね。

――真珠湾攻撃でも活躍しましたね。艦上爆撃機。

江副　私が配属されたのは八幡護皇隊です。八幡というのは宇佐八幡のこと。分隊長が来て、これからお前たちをこういう隊に入れると。そしてみんなの名前を呼ぶわけね。そしてハイハイって決まっちゃったわけだけど。

――八幡護皇隊というのは特攻隊の部隊なのですね。

江副　もうそのときはもうみんな高揚しているからね、全員臆することなく一歩前に出ましたよ。分隊というのは二〇〇人です。もう今残っているのは僕を入れて三人か。みんな死んでしまいまいましたね。特攻で死んだのは少ないけれど。

――訓練はどのようなものでした。

江副　私が乗った艦爆は九九艦爆（九九式艦上爆撃機）です。足（車輪）の大きいやつ。これは、三〇〇〇メートルまで昇れる。それ以上は昇れないから他の酸素マスクをつけたりなんかするんでしょうけど、もう物がないから、そこまでは訓練しないで、三〇〇〇まで行って、四十五度で突っ込むわけね。そして八〇〇で引き起こしてずっと（機体が）沈むけれども逃げきって。その訓練を二回か三回やったくらいでしょうね。ガソリンももうないし。腹立たしいけどしょうがないよね。練習できないから。結局後回しになっちゃって。後回しになったから助かったんだけどね。結局は。

――訓練と言っても、実際に実機を使ったのは一～二回？

江副　あくまで僕の場合はですけど、同じ予備学生十四期でも二ヶ月くらい差がついちゃうんですよ。最初に配属された場所によってね。そして最後は突っ込んじゃう。われわれは突っ込むチャンスがなかった。

土浦ではガソリンが少なくて訓練が充分できなかったから、そこで差が出たんだね。土浦は最初はグライダーですよ。一番初級のグライダーなんだけど、操縦桿を持って向こうでゴムを引っ張るわけ。パチンコと同じ原理ですよ。それがちょっと浮き上がると怖い怖いっていってね。教官は三十メートルなんて飛べるんだけどさ。われわれはダメ。それが土浦のグライダー。もう既にガソリンがないからいつも休みになってドカタやって、松の木の根っこから油を取るっていうので根っこ掘りなんかばかりやらされたり。

——士官候補生が根っこ掘りではつらいですね。ちなみに飛行時間はどれくらいでしたか。

江副　少ないんですよ。八十時間か一〇〇時間いっていないくらい。第一、特攻に行った連中が一〇〇そこそこですよ。完璧に訓練受けた本物（のパイロット）もいましたよ、本物はいるんだけど予備学生なんかで出て行くのはね、一〇〇時間がいいところ。他人が操縦して同乗する時間も計算するのよ。一人が操縦していてもこっちは何にもしていなくても一回り五分、そういうのを計算して行って一〇〇時間。それで出撃を待つわけです。行くだけでやっとくらいの力量の者がね。

——艦爆隊は基本的に二人乗りだったと思うんですが、ペアの方はどんな人でしたか？

江副　私は操縦するだけ。後部は偵察という名前で通信をしたり、どっちの方に飛べというのを指導するのが役目。それで後は三人乗りもあるんですよ。私は二人乗りね。三人乗りは、操縦、偵察、通信、そして通信かなんかの機械を乗せる。飛行機をなるべく軽くしようというので、しまいにはこの二人は乗せなくていいことになった。通信する道具はいらない。敵が来ても撃つことはないから機関銃もいらないと全部外しちゃったの。操縦者だけ。爆弾も落とす必要もないわけですよ、突っ込むだけですから。

――訓練中の事故などはありましたか？

江副　私たちの部隊ではなかったですけどね。でも着陸は難しい。事故の多くは着陸ミスだとも聞いています。それで死んじゃった者もいますから。みんな素人なんだからね。一年で飛行機乗りになろうってんだから大変なわけよ。でもよくやったよね。

――爆撃の訓練で、例えば訓練用のシュミレーション映画を見るとかそういうのはありました？

江副　そういうのはなかったね。座学っていうものではやるけど、朝から晩まで体操をやってるような体だからみんな眠くて眠くて。だから座学っていうのは眠る時間みたいな。居眠り防止薬という薬も配られたけど、みんなそれは薬だと思わないで甘味だと思って食べていましたね。

宇佐八幡のお守り

――昭和二十年の四月になると、宇佐からも特攻隊が出撃されていますが、先に行かれる戦友を見送るというのはどのようなお気持ちでしたか。

江副　すぐに自分も続いて行くという、決まりのようなものができてましたらね、だからその瞬間は、「行ってくるぞ」「行って来いよ」という感じで。俺も行くんだから、お前もあっちで待っててろよくらいの軽い気持ちで別れちゃうんだよね。

沖縄に行くといっても、実際は大隅諸島の硫黄島あたりでみんな撃ち落とされているんですよ。艦爆はスピードは出ない、飛行機は古いでしょ、操縦者は未熟でしょ、おまけに八〇〇キロの爆弾を抱えているわけだから。飛び上がるのがやっとだからね。

――出撃の前日はどのような雰囲気でしたか。

江副　別れの宴席があります。みんなで酒を飲んで、大騒ぎして歌歌ったりなんかして。

思い出すのはね……。円並地《えんなみじ》（正壮）という中尉さんがいて、別れの宴のときに僕は偶然この人の横に座ったんです。早稲田の卒業生（第十三期予備学生）で物静かな実に真面目な人でした。円並地というのはとても珍しい苗字でしょ、聞いたら広島の人だって。

出撃を前にした宴会で、円並地さんは口数も少なく静かにしているものだから、僕も何て声をかけようかとね。ただひとつ、聞いたのは、「円並地さんが出撃する機のナンバーはいくつですか?」と。僕は宇佐八幡のお守りを大切にもっていたんです、ま、カトリックなんだけね。そうだ、俺のお守りを円並地さんにあげよう、と思ったの。僕は兵舎に帰って、その小さなお守りを持って、円並地さんの飛行機に貼りつけて来たんです。翌日、彼はその飛行機で飛び立って行った。武運長久と書かれたお守り。死んじゃうんだから武運長久もないものだけど、(お守りを通して) われわれの気持ちは通じているということで、僕はひとついいことをしたと思っているんだ、今でもね。

——見送る立場もお辛いかと思います。

江副 僕らが手を振るでしょ、一機ずつ飛び上がって行って並んで編隊組んで向こうの上をグルーっと回っていくわけ。それが最後の挨拶。

もちろん、宇佐からダイレクトに沖縄に行くわけないです。宇佐を飛び立った連中は九州の国分とか串良の基地に別れて、そこで燃料を入れて沖縄に向かう。僕らは宇佐がお別れの場所ということになります。どこ行って死ぬんだかわからないけど。本当になんともいえないね人間の別れっていうのは。

——江副さん何度そのようなお別れを経験されたのでしょう。

江副 宇佐で二回。そのあとの百里原 (茨城県) で二回。終戦は百里原で迎えるんです。

——江副さんご自身は出撃にそなえて遺書などをしたためられましたか。

江副 気休めだけどまだ (出撃までの) 日もあるでしょ。だから真面目になってないの。破いて捨てちゃった。でも遺稿集とか読むと、みんな、お母さんを懐かしがるのね。

宇佐では本当に真面目に、わざわざ近所のお寺に一晩泊まって遺書を書いた者もいる。

幾島達雄（少尉）という男。同期生。それは死んじゃった。九州で亡くなったんじゃないかな。特攻で出て、沖縄に着く前にね。

――宇佐でご家族との面会は？

江副　面会は横須賀で一回。それから土浦にも米子にも来てくれました。美保に行ったら、家族は東京に住んでいたから遠くなっちゃった。僕はわざわざ遠くを選んだんですよ。戦争で死ぬんだから、家族と別れる、それなら早くから別れてしまおうというつもりで。筑波とか霞ヶ浦とか東京の近くにも航空隊があって、そこにも行けたんだけれど、僕は一番遠い米子（美保）を選んだ。それから宇佐に行って艦爆乗りになるのだけれど、どこか家族とは、別れよう別れようという気持ちでいたのね。目の前で泣かれたりしたらヘタっちゃうと思って。

――いや、逆に言えば、それだけ強く覚悟を決められていた。百里原航空隊は茨城県ですから、実際は東京にまた近づいたことになりますね。

江副　百里原の航空隊に配属されたのは昭和二十年の六月ですから、もう戦争も末期ですね。特攻隊員という名前は持っていて、特攻隊だけの三角兵舎に私たちは住《とど》まってた。毎日のように敵のＰ５１戦闘機が航空隊の上をでかいヤンマのようにグルグル周っていやがる。でもこっちは何もできないからさあ。そんなこともあって、百里原ではろくな訓練もできなかった。

——敵機が航空隊の上空を？　もうそこまでやることが大胆になっていたんですね。他に何か百里原で思い出に残るエピソードとかありますか。

江副　私たちより先に百里原に来ていた連中がいた。慶應の学生なんかもいたな、予備学生第十四期ですから、同期ですね。特攻の兵舎に遊びに来て、慶応の学生なんかいたよ。ギターとかマンドリンとか持ち込んで、ベールかなんか被って踊りかなんか踊ってさ。楽しかったね。お互い慰め合い、励まし合うんです。そしてその中の一人は戦争が終わってから本当にプロの音楽家になりました。

——久しぶりに学生の気分に戻られたわけですね。

江副　それとね、百里原にいたとき、私ら上智で教わったドイツ語の先生が兵隊できたんですよ。私は乙種合格組です。甲乙丙の乙。乙といっても悪い意味じゃない、ちゃんと体はそろっているからね。丙はちょっと悪い意味で、彼は丙種で合格した。上智の同期の仲間が「戸川（敬一）先生が来たぞ、会いに行かないか」って呼びにきたけど、僕は行かなかった。会いに行かなかった。今になれば悪かったなあと思うんだけどね。戸川教授とは大学では大変親しくさせていただいたし、尊敬をしていた人ですけどね、その先生がさ、七階級下の兵隊になっている。それで会いに行くというのも申し訳ないような気がしちゃって。

戸川さんは戦後生きて帰ってきて、その後はもちろんお会いましたけど。
まあ、そんなところが百里原の思い出です。

●関行男の名前が出てくる。「神風特攻隊」の一番機として出撃し、昭和十九年十月二十五日にレイテ沖海戦で米護衛空母「セント・ロー」に体当たりして海に散った関中佐（大尉から二階級特進）は、大正十年（一九二一年）、愛媛県出身。中学時代から学業に秀で、海軍兵学校と陸軍士官学校をダブル合格したほどの秀才であったが、結局、海兵を選ぶ（第七十期）。飛行教官時代の昭和十九年五月に結婚。わずか五カ月、新妻を残しての散華だった。実はこのときの特攻は、妻帯者、長男は免除されることになっていたが、両方に該当するも関は進んで志願したという。実父は海兵時代に病没しており、残された母は、戦中こそ「軍神の母」と奉られたが、軍国美談の広告塔にされたことが災いし戦後は一転、世間の冷たい視線にさらされたという。なお、ロックバンドSanaemonのギター担当・ヒデキは関行男中佐の義妹（関家の養女）・繁子の孫にあたる。
関行男は特攻隊に躊躇なく志願したと伝わっているが、一方出撃を前にして同盟通信の従軍記者にこんな本音をもらしている。

「日本もおしまいだよ。僕のような優秀なパイロットを殺すなんて。僕なら体当たりせずとも、敵空母の飛行甲板に五〇番（五〇〇キロ爆弾）を命中させる自信がある」。

実際、目標命中を至上とする特攻作戦では、練度の高い優秀なパイロットからこの任にあてられた。戦争も末期になると、それら熟練パイロットはすでになく、燃料不足もあって訓練途中の技量も未熟な者も多く投入され、そのほとんどが敵艦に体当たりする前に対空砲火の餌食となるのだった。

右の言葉でもわかるとおり、関行男の専門は艦上爆撃機である。「高空から敵艦に向かい墜落のコースで降下し激突寸前に爆弾を投下、自らは離脱する」艦爆の急降下爆撃は、操縦者にかなりの技量を求められるし、また冷静な判断と度胸も必要となる。爆弾を投下後、機首を水平にまで引き上げる際、機体には大変な力がかかるため、へたをすれば空中分解を起こす。引き上げが足りないと海面に直撃である。まさに江副さんのいう、艦爆は「飛行機の中の飛行機」、艦爆乗りは「男の中の男」のゆえんだろう。関行男の言葉には、そんな艦爆乗りとしてのプライドからくる無念がにじみ出ているが、敵艦に向かって突っ込むという意味では、もっとも特攻向けの機種だったともいえるかもしれない。

九九艦爆はハワイ海戦を初め緒戦で華々しい戦果を残し、特にインド洋海戦では英空母ハーミスと巡洋艦コーンウォール、ドーセッシャーを撃沈する武功を挙げている。その後は、熟練搭乗員の減少もあって目立った戦果はなく、マリアナ海戦を境に艦爆のスターの座を「彗星」に譲るが、どっこい、特攻機としての任務が残されていたのである。

インタビューを改めて振り返ってみると、訓練の少なさには正直驚かされる。満足に燃料もなく、多くの時間を松の根掘りに狩り出されていたというのだから、短剣を吊るした予備学生も形無しである。

江副さんら第二美保空から転属された組と博多空から来た組は、ともに一月の宇佐入りで、合わせて「後期」と呼ばれた。これとは別に前年九月に移動してきた組があり、こちらは「前期」。当然、訓練も先任である「前期」が優先になる。江副さんら「後期」の予備学生は、「前期」の搭乗する九六式や九九式の急降下訓練をうらやましく見上げることも一度や二度ではなかったという。しかし、結果的にこの訓練の遅れが、江副さんを救ったということになるのも皮肉である。インタビューの中に出てくる円並地正壮中尉（第十三期予備学生）はその「前期」の教官だった。江副さんが円並地中尉と親しく口をきいたのは、送別の宴席が最初で最後だったという。

昭和二十年（一九四五年）四月六日。神風特別攻撃隊第一次八幡護皇隊が出撃する。途中、第二国分基地（鹿児島県）と串良基地（鹿児島県）に分散、それぞれ沖縄へと飛び立った。第二国分基地組（九九艦爆）は円並地艦攻隊長以下十九名。串良基地組（九七艦攻）は山下博（大尉・海兵六八期）艦攻隊長以下三十九名。

四月十二日には、第二次八幡護皇隊が出撃。第二国分基地組は西川博（少尉・予備学生十四期）艦攻隊長以下十九名。串良基地組は芳井輝夫（中尉・海兵七十三期）艦攻隊長以下三十名。

四月十六日に第三次幡護皇隊がやはり沖縄へと向かう。第二国分基地組は松場進（中尉・予備学生十三期）艦攻隊長以下二十三名。串良基地組は石見文男（中尉・予備学生十三期）以下六名。

他に宇佐基地からは八幡神忠隊（清水吉一少尉以下九名）、八幡振武隊（鯉田登少尉以下九名）が特攻作戦に参加している。（但馬）

「すいませんでした」その一言でしたね。

――終戦の放送を聞いた時はどういうお気持ちでした？

江副　終わったとホッとした。死ぬか死なないか、そんなことは考えない。力が抜けたというのが正直なところだね。陛下の放送は基地で聴いたのは確かなんだけど、どこで聴いたのかはちょっと思い出せない。

日本は戦争やめるんだということを天皇陛下が言われたということを知って、そしてホッとして、上見るといつも飛んでいたP51がいない。ただただ広い青空が見えて。ところがね、終戦の詔勅のあとに、同期生で突っ込んでいる奴がいたよ。八月の十七日かな。

江副　というと、有名な宇垣纏《まとめ》中将（海兵四十期）の将官特攻？

――それとは別。将官特攻のとき、宇垣さんの乗る機を操縦して一緒に突っ込んだ中津留（達雄）大尉（海兵七十期）は宇佐でうちらの教官だった人。宇佐の教官が終戦時に大分の航空基地にいたんですよ。

――中津留さんは百田尚樹氏の小説『永遠の0（ゼロ）』にも名前が出てきますね。どんな方でしたか。

江副　僕らが宇佐に来たときはもうガソリンが足りなくて、直接訓練を受けたことはありませんが、われわれに話をしてくれたことはありましたけどね。自分の軍隊時代の思い出とか。慰問のような感じで。まさか、そのときはあんな形で死んじゃうなんて思わなかった。

ああ、それからしばらくすると、厚木の連中が来た。われわれは降伏を認めない、戦争を継続する、一緒にやらないかと。

――小園安名大佐（海兵第五十一期）の厚木飛行場占拠事件ですね。小園大佐と敗戦を良しとしない一部海軍将校が徹底抗戦を呼びかけた事件。結局、解散させられてしまいますが。

江副さんが除隊を許され家に帰られたのはいつごろですか。

江副　わりとすぐですよ。玉音から一週間くらい。もうここにいなくてもいいから、早く帰れと言われました。

百里原から上野を通って山手線乗るとね、まわりはもう全部焼けている。でもあんまり焼けているのを見過ぎてしまったせいか、しまいには特別に大変だとかいう気持ちは思わなかったような気がする。当時、家は田園調布にありましたから、東横線に乗ってね。あの界隈もずいぶんやられてましたね。

――空襲は下町だけではなったのですね。

江副　多摩川沿いから山の方に一直線に落としていたんですよ。それで私の家の近所の花屋さんは爆弾で一家全部吹っ飛んじゃった。これはもう運ですよね。隣の家に落ちた焼夷弾は不発だったから大丈夫だったし。

――ご家族と再会されたときはいかがでしたか。

江副　お袋の顔見たらね、出た言葉が「すみませんでした」。それしか言えなかったね。負けてしまったから。みんな戦争中は本当に辛い目にあいながら我慢してきたわけですよ、それなのに負けてしまって申し訳ないという気持ち。他の人は、（家族に）なんて言ったんだろう。知りたいな。他の人もすみませんでしたじゃないのかなと思うんだけどね。日吉の海軍省に務めていた姉は家に戻ってきていたから、お袋と三人、とにかく無事でよかったと言い合って。妹は諏訪湖に学童疎開していて、戦後二週間目くらいに帰ってきた。家族は全員無事だったわけです。

かつての上官から「崇高なお仕事だね」と

――大学は復学されたのですね。

江副　すぐにではありませんけどね。戦争が終わって一年間は何もしなかった。その後の一年間で上智を卒業するんです。最初の一年間は教会によく通いました。日本が、国民が、めちゃくちゃになっちゃったでしょ。そういう時代だから神父の助けをするために教会の仕事をしていた。

そのうちに外人の宣教師がたくさん来るようになったんです。彼らは日本語ができないわけ。それまで中国で宣教していたんですよ、だから漢字はわかる、日本語は易しいと思っているわけです。結婚式でオット（夫）とオトウト（弟）を間違える。「あなたはこの××をあなたのオトウトとしますか」なんて言ってね。新婦は頭のぼせていてわからないから、ハイなんて答えるけれど、来客はクスクスと笑っているんですよ。それから、キリストが死んだ日、聖金曜日と呼ぶんだけど、キリストの十字架に接吻するという儀式があるわけ。「皆さん、前に来てに来てキリストの足にセップクしてください」（笑）とか。そういうことがたくさんあった。それで、教会の手伝いをしながら、宣教師たちに日本語を教えるようになったんですよ。

――江副さんの現在のお仕事の原点がそこにあるわけですね。

江副　でも教会の仕事だからお金は安い。最初はイヤイヤやっていたんです。そんなとき、神田で美保のときの分隊長にばったり会って、「江副君、今どんな仕事をしているんだ」と聞かれたから、外国人に日本語を教えているんですと答えた。分隊長は「それは崇高なお仕事だね」と言うんですよ。ああ、日本の文化を教えるというのは崇高な仕事なんだなと。私が二十五歳くらいのときです。

　何だかんだ、宣教師を初め外国人に日本語を教えて二十年、それから自分で学校を作って四十年、つごう六十年ですか。人生を、外国人に日本語を教えるのに費やしました。

――分隊長さんの言葉が大きな励みになられたのかもしれませんね。

江副　日本語を教えながら日本を紹介する。日本のいいところをね。だから、靖国神社に連れて行ったり、手水のところでは、ここでこういうふうに手を洗うのはこういう意味があって、とか説明してね。それが自分の人生なんだあと。
だから外国人に日本語を教えているということはいいことだと思っています。日本語だけじゃない。日本の文化も教えているからね。

——お話は前後しますが、大学に復学なさったあたりのお話を少しいただけませんか。学内の雰囲気はどうでした?

江副 戦争時代の話をみんなしていた。どこで何やっていたか、なんてね。思い出話で一年過ごしちゃったくらい。勉強なんかあんまり印象ないです(笑)。でも文化活動というようなことは一生懸命やったね。
芝居、文学界、劇団みたいなのを作ってね。それから新聞を発行しました。上智大学新聞というの。この間亡くなった三井商事の会長の諸橋(晋六)が中心メンバーでね。それがね、初めのうちはまともだったのに学生運動が始まり出して、だんだん左になっちゃった。左になったもんでクビになっちゃった。そんな形で上智大学新聞は終わるんですよ。上智新聞と名前が変わって今も続いているけど、われわれの新聞とは全然関係ない。だんだんとね、時代が左がかっていくんですよ。わかるでしょう? その気持ちが。

——上智の同級生で、戦死された方はどのくらいいらっしゃいましたか?

江副 上智では戦争で出ていって六十人くらい死んでいる。慶応なんかはいろんな会があってそういうのを調べるのって昔からやっていたでしょう。戦後間もなく慰霊祭もやって。それに比べると上智なんて去年（二〇一五年）だものね、慰霊祭をやったのは。私たちOBも学長と相談したりするんだけど、怖がっているのね。大々的に慰霊祭なんかやると、今の学生が「戦争を美化するな」とかやるんじゃないかって。だから学生に宣伝しないで、OB会だけでね。

――なんか寂しいお話ですね。

では、学校についてお聞きします。現在では外国人向け日本語学校も珍しくありませんが、江副さんはまさにそのパイオニアだと思います。前例のないところから始められるというのは、いろいろご苦労もあったかと思いますが。

江副　一番最初は新宿の西口のところの八百屋の二階の部屋を借りて始めたんです。当時、僕は上智で外国人だけのクラスに日本語を教えていたから、これから日本語を学ぶ学生の需要も増えるだろうと思ってね。ポスターも作って宣伝したけど、最初来た生徒は二人だけ。一人はオランダ人の女性。彼女、食事は豆腐だけなんだって、朝昼晩。ちょっと変わった人だったよ（笑）。

苦労というとね、外国人ですから、本国の景気に左右されるということですかね。景気が悪くなると日本に来る人もぴたりと減って、当然生徒も少なくなる。内戦とかあるともうダメ。

今まで一番生徒が多かったときで七〇〇人かな。東日本大震災で三〇〇人に減っちゃった。みんな本国に帰っちゃったから。今は四五〇人くらいです。

――生徒さんはどの国の人が多いのですか。

江副 今はベトナム人が多いです。五反田で靴屋をやっているベトナム人で、話を聞くと本国では大学教授だったなんて人もね。中国人は新聞奨学生を中心に受け付けています。それから、フランス人。パリに小さな事務所を持っているんですよ。息子の奥さんがフランス人なの。そういう関係でね。

先に言ったことにもつながるんだけど、日本語を教えるというのは（単に言葉を教えるだけでなく）日本文化を伝えることだと思っている。教室に生徒を集めて、日本の唱歌を歌う会なんかもやっているんです。『ふるさと』なんか、日本人はどこの国に行っても忘れないでしょ。『ふるさと』を歌って、日本の心に触れてもらいたくて。

――生徒さんにご自身が特攻隊だったときのお話をされたりすることはあるのですか？

江副 一度だけしました。僕と、あと戦友二人を招いて三人で話した。生徒よりも先生の方が多かったかな。フランス人はカミカゼについて興味あるようで、いろいろ聞きたいみたいね。

――そういえば、フランスの文豪で文化相だったアンドレ・マルローは、「日本は敗れはしたが、どの民族にも真似のできない特攻隊の崇高な精神は残った」と言ってますね。

江副　でも誤解している人もいるんだよ。イスラム過激派の自爆テロと同じようなものだって。それを理解させるのは難しい。イメージが固まっちゃっているから。だから私に何言われても、嘘じゃないのって。

――そういうときは何と説明されるのですか。

江副　……ううーん。私たち特攻隊というのは、実は日本の歴史を守ろうとして戦っていたんじゃないかな。忠義の心とか美しい生活とか、人々の営みとかね。

日本人っていうのは素晴らしい、外国と戦争はしているけれど、それは理由があって戦争をしている。日本人の良さ、歴史の素晴らしさ、美しさを守るために自分の命なんて構わない、というような考えだったと思うね。

天皇陛下のためにっていうと、ちょっと遠すぎる。もちろん、私たちの心の中にはそれ（天皇陛下のため）はあるのだけれど、その一歩前は日本の歴史だと思う。だから仲間が突っ込んでいくと、俺もついて行くぞ、待ってろよと言えるように思ったんだよね。

――戦後の左傾化した言論空間では、そういった元特攻隊の方々の本音もなかなか伝わりづらいと申しますか、正直発言しにくい空気もあったように感じますが。

江副　でもね、自慢して喋れることではないと思う。だからここの学校で毎回生徒を集めて、特攻隊の話をしようとか思わないもんね。敗軍の将というか、そういう気持ちがどうしてもあるんですよ。負けちゃったんだから。

といっても、今でも、日本がただ無謀な戦争をしたわけではなくて、アメリカもかなり悪いことやってたから、それをやっつけたんだという気持ちは忘れませんね。アメリカの日系人なんかどれだけ差別されていたとか、ハワイで白人がどれくらいひどいことをしてきたとか。

――先ほどもちらりと出てきましたが、江副さんにとってもやはり靖国神社は特別な場所ですか。

江副　もちろん。靖国神社じゃないと会えないんだよ。命がけで訓練を受けていて、一緒に死のうぜと誓いあった連中が先に逝っちゃうでしょ。キリスト教的な魂がどうのとかはわからない。とにかく靖国神社で会おうぜ、みんなそう言っていた。

遊就館の最後の部屋に（英霊の）写真がずらっとあるでしょ。自分の同期生を探して、あいつはこうだったとか、あんなこと語り合ったなあって。本当に戦友というのは、親友、それ以上。一心同体というような気持ちがあるね。円並地さんとか思い出すよ、本当にいい友達でした。友達としての付き合いは決して長くはないけれど、それはもう濃密な関係だから。彼の信念を理解しようと思うよね。戦友とはそういうものです。

●昭和二十年八月十五日、玉音放送後の午後五時、大分海軍基地から当時の艦上爆撃機の主力「彗星」十一機の編隊が沖縄へ向かって飛び立っていった。これが世に言う宇垣纏《まとめ》中将による将官特攻である。

宇垣は、山本五十六連合艦隊司令長官に仕えた元参謀長で当時、沖縄航空特攻作戦を指揮した第五航空艦隊司令部長官であった人物で、代表的な大艦巨砲主義者として知られ、航空作戦を重視する山本司令官の不興を買ったこともあったようだ。宇垣の機を操縦していた中津留達雄大尉は、特攻第一号・関行男中尉とはくしくも海兵の同期であり、彼もまた新婚一年四か月の妻と三週間前に生まれたばかりの愛娘を残しての特攻死だった。ちなみに、この戦後特攻はむろん、正式な命令の下に行われてものではなく、正確には懲戒対象である。この将官特攻をして後世は「最後の特攻」とするが、江副さんのお話にもあるように、それ以後も単独で特攻を試みる将兵はいたようだ。

また、小園安名大佐の厚木基地占拠事件についても少し触れている。第三〇二海軍航空隊司令の任にあった小園大佐は、終戦の詔勅後、連合艦隊司令部と全艦隊に「三〇二空は降伏せず、以後指揮下より離脱する」と伝達。翌日から陸海軍、国民など各地に檄文を撒き呼びかけて回ったが、のちに小園はマラリアを発病、そのまま収監され、彼の蹶起《けっき》計画は霧散した。小園は軍法会議にかけられ階級を剥奪されている。

このように、敗戦を好しとしない一部勢力は海軍それに陸軍の中にもあった。徹底抗戦を叫ぶ者はむろん、命令にしたがって解散はするが、いざというときには蹶起を約束して血判状を残す部隊も珍しくはなかった。これを血気の勇と斬り捨てることは厳に慎みたい。現在の価値観と歴史のカンニングペーパーで、当時生きた人々の心情を笑う愚をもう繰り返してはならない。

江副さんの敗戦に際しての思いは、「(負けてしまって)すいませんでした」と「敗軍の将、兵語らず」の言葉にすべて集約されるだろう。

そして戦後。さまざまな混乱や困難の中で、教会の活動を通して外国人に日本語を教えることの意義を見出されたという。

「日本語を教えるということは日本の文化を教えること」という江副さん。ちょうど、お邪魔したのが初夏だったこともあり、日本語学校の入り口ロビーには七夕の笹が飾られていた。さまざまな言語で書かれた願いごとの短冊が微風に揺れている。繁体字で書かれた短冊は香港から来た留学生のものだという。

「普通選挙が欲しい、と書いてある」。江副さんは説明してくれた。中国返還後の香港の複雑な心境がそこににじんでいる。

長時間にわたるインタビュー中、何度か授業開始を伝えるチャイムが鳴った。小学校のころよく聞いた、あのなつかしいキンコンカンコーンであった。（但馬）

《三人目の証言》**神代忠男（慶應義塾大学）**元近衛歩兵第三連隊　《構成・但馬オサム》

僕は右も左も嫌いなんです。
なんで嫌いかって言うと、
右とか左の人は自分の言うことは
正しいと思うでしょ。
ほかの言うことは受け入れないわけだ。
僕なんか九十四年生きてきて、
半分も本当のこと言ってないような
気がするんです。
人間なんてそうでしょ。

体が弱かったから慶應へ

――まずは幼少のころから大学に入るまでのお話をお聞かせください。

神代　生まれからいうと、僕の家――神代とかいて「こうしろ」というの、とても珍しいんですよ。「くましろ」は多いんだ。有名な映画監督で神代辰巳《くましろたつみ》というのがいたでしょ。僕が初年兵のとき、ひとつ上に「こうしろ」がいたけど、それ以外、「こうしろ」は会ったことはないです。

ＮＨＫの大河ドラマで『花燃る』というのがあるでしょ。あれに出てきた周布政之助が僕のひいじいさんなんです。僕の親父方もお袋方もみんな萩の出で毛利家の家来。僕の親父は周布家の三男で神代の家に養子に入るわけです。周布政之助は、だから僕から見るとひいじいさん。家老でしたけど、幕府に睨まれて四十二歳で切腹させらてしまうんですけどね。

――そうだったんですか。周布政之助といえば、吉田松陰のよき理解者として知られてますね。そのぶん、血気にはやる藩士をなだめたり、彼らの尻ぬぐいをさせられたり、結構損な役回りの人という印象があります。

神代　その僕の親父ですけど、萩中学から岡山の（旧制）六高行きまして、東大卒業して、宮内庁入ったんです。親父が東大だもんだから僕も東大に入れたがってましてね。

ところがね、うちは親父も養子、じいさんも養子。男が育たない家系なんですよ、神代は。三代目でようやく僕が生まれたわけだけど、これがひ弱で、「この子は十《とう》までもたない」なんて言われていた。東大に入るには試験を何度も受けなくてはいけないでしょ。旧制の一高、二高って数字のある学校がまた難関で、さらにその上で東大を受験しなくてはいけない。到底体力がもたないって。

親父の友人で、富士電機の初代社長で富士通の創業者でもある吉村萬治郎という人がいたんです。奥さんは古川財閥の娘で、うちの母親とは東京女学館で同級生という関係で。その吉村さんは慶應の幼稚舎の第一期生で、福沢諭吉先生をじかに見たことあるというの。その人がうちの親父に「おたくの息子さん弱いから、東大なんかダメだよ」と。「慶應にしなさい。慶應の小学校入れれば、上まで試験なしで上がれるから、弱い子供はそれがいいよ」と勧められて、それで僕は幼稚舎に入ったんです。今はなかなか慶應の幼稚舎って入るの大変で、倍率は二十倍とかいわれているけど、あの頃は誰でも入れた。

――神代さんは幼稚園から慶応に進まれたわけですね。

神代　幼稚園ではなく幼稚舎。慶應に幼稚園はありません。幼稚舎というのは慶應独特の呼び方で小学校のことです。

月謝はほかの学校よりちょっと高いかも知んないけど、あの頃は大学行く人もそんなにいないでしょ。是が非でも子供を幼稚舎に入れて将来は慶應に、という親も限られていた。一応試験はありました。平均台を渡れとかの簡単な体力テストがあった。僕なんか体弱いもんだから、渡れないんです、怖くて。うち帰って、「平均台渡れなかった」といったら、「じゃあ、お前、落っこたな」ていうくらいで。それでも入れてくれましたから、最初から競争率なんてものはなかったんですよ。誰でも入れた。

――幼稚舎から慶応義塾大学まではいわゆるエスカレーター式だったわけですね。

神代　ええ。だから幼稚舎に入ったからにはみんな大学へ行くつもりだった。

慶應の福澤研究会っていうのがあって、頼まれて何度か日吉校の一年生の学生の前で戦争時代についての講演やりました。今年（二〇一六年）は「戦前の学生生活と学徒出陣」というお題で。今は大学もいっぱい女子がいるでしょ。幼稚舎だって共学だ。僕らのときは幼稚舎から大学まで全部男子校。だから一番最初言ったの。羨ましいって。あなた方、女性と一緒に勉強。僕ら女性と一緒に勉強したこと一回もないと(笑)。だから羨ましいってこと、一番最初に言って、みんなを笑わしたわけです。へんな言い方になるかもしれないけれど、僕ら女性に飢えてましたって言ってね。本当なんです。女性に会ったことないんです。そういう時代ですから。

――女性が眩しかったわけですね。

神代　僕らの大学時代は戦争があったわけだけど、それだから相当面白くない大学生活を送ったっていうようなことをいわれたりしますが、決してそうじゃない。僕らだって普通に大学生活を楽しんでいましたよ。

僕らが大学の予科に入ったのは、昭和十四年（一九三九年）です。まだ日本はアメリカと戦争を始めていません。昭和七年（一九三二年）に満州国を作って、支那事変（一九三七年）が起きて、その後、南京から北京へとずっと攻め込んで一番南の広東、そこまで占領したわけでしょ、日本軍が一番勢いに乗っていた時期ですよ。広東、今の広州ですね。その広東を落としたのが（翁英作戦）、昭和十四年の暮です。どこ行っても万歳、万歳いっているときに日吉に入学したわけです。

――戦勝気分に湧き上がる中で大学生活を開始された。三田（学部）に来られる昭和十六年（一九四二年）の十二月に大東亜戦争が始まりますから、まさに神代さんの予科の三年間は大日本帝国陸軍強し、に酔いしれていた時代ということになりますね。

神代　むろん裏側の事情までは知りません。既に戦費だった相当かかっていますからね。何年、戦争が続けられるかとか、そんな話は伝わってきませんから。そのせいか、当時は言われるほど、戦争の暗い影なんて感じることもありませんでした。

日吉での予科が三年、そのあと三田で三年、これは学部というんです。当時大学は予科と学部で六年あった。日吉の予科の三年間は生涯でも一番楽しい時代でした。

東急電鉄から日吉の土地を譲られて慶應が進出して十年目だからですね。今は日吉は駅の向こう側も開発が進んでいるけれど、僕らの頃はえんえんと原っぱが続いているような光景で。なにしろ、街に食堂が一軒しかなかったくらいですから。

ケンカで留置所へ

神代　やはり慶應というのは自由主義の学校ですから、当時の軍国的な風潮にはあまり影響されないで、比較的のびのびとやってましたよ。

生涯の友を得られたのは予科の三年間です。日吉の時は実に楽しくて。日吉時代のクラスの会は、ずっと続いていました。でも、どんどん死んじゃうでしょ。本人は死んじゃったけれど、奥さんはその後も出席するとかさ、和気あいあいで。そのうち、未亡人の方が多くなっちゃって未亡人会になっちゃった（笑）。本当の会員は三人であとは奥さんか娘さん。ついにおとことして最後にしましたけれど。本当に心許せる友でしたね。日吉の仲間は。

——日吉時代は、どんな思い出がありますか。

神代　あまり学問をした記憶はなかったけれど、先生の休講なんかあると東横線で多摩川に出て貸しボートに乗って。あの頃の大学生は今と違って、どこへ行くのでも制服制帽なんです。とりわけ、慶應はあの頃小泉信三先生が塾長でしょ、あの方は非常に礼儀のうるさい人でした。詰襟のホックが外れていても叱られる。冬でも若者は襟を立ててはいけない、マフラーもいけない。「電車で混んでいるいるとき席を譲るのは当たり前だ。学生たる者は最初から立っているべきだ」という人でした。

僕の家は高輪にあって、小泉塾長の御宅が御殿山にあったんです。バスの中でよく塾長のお嬢さん（秋山加代氏）に会いましたよ。あの人は聖心女学館、今の皇后さまの学校。あの頃は大学でなくて女学校でした。そのお嬢さんがいるんですよ。しまった！と思って、慌ててポケットから手を出して、立てた襟を直してね（笑）。僕は今、魚籃坂の方に住んでいるんだけど、孫が幼い頃、魚籃坂の幼稚園に通っていて、そのお嬢さんの孫もそこなんですよ。運動会なんかで一緒になると、お嬢さんに「あの頃、高輪の新坂上でいつも朝ご一緒でした」ったら、憶えていてくれてね。

ほかに東横線というと、遊びは横浜に出るか渋谷に出るかでしたね。横浜でいうと当時は、元町よりも断然、伊勢佐木町でした。伊勢佐木町がにぎやかでなくなったのは、戦後進駐軍に接収されたから。みんなほかの方へ移ったんです、盛り場が。あの頃は伊勢佐木町をぶらつくのを佐木ブラといったんだ、銀座は銀ブラでしょ、「今日、学校帰りに佐木ブラしようか」ていう感じに。

渋谷はね、今、ヒカリエてあるでしょ、あそこは僕のじいさんの家だった。僕も生まれは渋谷です。

――それはすごいですね。

神代　話だけ聞くとすごいと思うかもしれないけど、僕の生まれた家なんて番地が「東京市外」ですよ。今の並木橋ぐらいからが東京市で、あの頃は渋谷村だった。渋谷なんか喫茶店が二軒しかなかったんだから。今の喫茶店と違って電蓄ってあって、電蓄でレコード回すんだ。そうすると、電蓄のレコード掛け替える女性がいるわけ。それがドレスを着て、立ってるんです。立ってるだけです。別にお話しちゃいけないんです。その立ってる女性が、銀座でもそうなんだけど、どこのお店が一番きれいかっていうことで通うわけ。僕らが行ったのが渋谷のブルーバードという喫茶店。女の子を眺めるためだけにね。

あと、渋谷東宝て映画館あったでしょ、あそこの地下に食堂があって、いつも慶應の学生でごった返していた。それから、麻雀と玉突きくらいかね。学生の遊びといったら。

――ちょっと不良ぽくてせいぜい麻雀ですか。

神代　そんなに悪いことできないわけですよ。学生服ですから。慶應の学生だとペンの校章ですぐわかる。早稲田は角帽だし。明治は明治で。どこの学校かは。

――街で他校の学生と揉めるということはなかったんですか。

神代　それはやっぱり学生同士だからケンカはあったでしょう。僕の知っているのは一回だけ。僕の親友で慶應の相撲部のやつがいたんです。佐世保生まれの九州男児で熱血漢。また酒飲むんだ、そいつが。その日は早慶戦でたまたま慶應が負けて。やけ酒気分で銀座をふらふら歩いていたら、向こうから明治の学生がやってきて、すれ違いざま、「慶應負けたな。ハハハ」なんて言ったから、その野郎怒っちゃったの。

――早稲田の学生でなく、関係のない明治の学生に言われたら、よけい腹が立ちますね。

神代　僕は体が細くて弱いから、ケンカは負けるからしないの。やつは相撲部でしょ。しかも九州男児でしょ。すごく怒って。ちょっと傘でバーンってぶん殴ったら、頭に当たって、血が流れたの。そしたらその時ちょうど、そこに私服刑事かなんかいたらしいんです。早慶戦の晩だから警戒してたんだね。それで二人仲良く築地署に泊められましたけどね。みっともないから、親には麻雀で徹夜したことにして。

――武勇伝ですね。

神代　僕はケンカしない。体質的に酒も飲めないいんです。

　その相撲部のやつ、安藤といいましたけど、相撲はあまり強くなかったね。神宮でやる早慶戦ではいつも先鋒なんだけど、勝った試合見たことがない。三菱商事系の盟和産業という会社あるでしょ、あそこの副社長まで行った男です。もう亡くなりましたけど。お通夜の席で娘さんから学生時代の父の思い出を聞かせてくださいというから、相撲部の話をしようとしたら、「父は相撲部ではとても強かったんですってね」。あいつ、娘さんには「負けたことがない」て言っていたらしい（笑）。本当のこと言えなくなっちゃった。

　強いやつは他にいたんです。田内《たのうち》というのが学生横綱で。慶應で学生横綱って珍しいの。戦後は高知県で町会議員をやっていた。僕のクラスで一番出世は三井銀行の社長になった神谷健一で、彼も死にましたけどね。これは慶應の評議委員会の会長になって、それから三井銀行の社長。あれが一番偉かったな。

――みなさん、やはり学徒で出征されて？

神代　うん。それぞれいろんな戦地へね。

壮行会をサボって踊り子を

――予科の三年生のときに日米開戦があったわけですが。

神代　アメリカと戦争始まった時はやはりビックリしましたね。あれだって最初の方は勝っていたでしょ。万歳、万歳って提灯行列が出てね。今思えば、シンガポール取っていた時点で上手く講和に持ち込んで戦争を終わらせればよかったと思うけど、ある参謀本部の人が戦後、インタビューに答えて「あのとき止めていたら、暴動が起こっていた」というんだ。「大衆が戦争をやめさせてくれなかった」と。まあ、それも軍部が情報を抑えていて、サイパン取られたとか負け戦は発表しなかったから、大衆が行け行けの方向へいってしまったわけだけど。国連脱退したときの外務大臣……松岡洋右か。あのへんからおかしくなっていったね。とにかく、われわれにはほとんど情報が回ってこなかったんだ。

――学部で三田に来られたときは、もう世の中の空気というのは戦争モードでしたか。

神代　最初は今言ったように、勝った勝った万歳、万歳という空気の方が強かったですよ。実際はノモンハン（昭和十四年）で既に負けているんですけどね。当時はノモンハンで戦争があったなんてことも聞かされていなかった。

この前の学生からの質問でこういうのがあった。「学徒出陣で急に兵隊行くことになって、怖くなかったですか？」て。怖いのかもしれないが、いやだという意識もなかったって答えたんです。その理由は二つあると。

まず、学徒出陣ていうのは全員が対象なわけでしょ。そりゃあ、僕一人が行くなら絶対いやですよ。

——みんなで渡れば怖くない、ですか。

神代　普通、兵隊は甲乙丙なんです。丙は兵役を免除される。腕が片方ないとか、片目とか、完全な障碍者。これは兵隊に取られることはない。でも、僕らの頃になると、できるだけ兵隊を取ろうということで、乙を三つに分けた。甲は平時でも兵隊に取られる。乙の一はちょっと（情勢が）怪しいときに兵隊行く。乙二は人が足りなくなったら。乙の三は丙よりちょっとまし、というか、丙の中から使えそうなのを選ぶ。平時では取られないようなやつ。僕は乙三だったんだよ！　なぜかって言うと、僕はさっき言ったように幼稚舎の頃は体が弱く、一学期の半分くらいは休むような子供だったわけ。ところが、アデノイドの手術したら、急に丈夫になっちゃって、中学時代は皆勤です。その後、軍隊に二年いても風邪ひとつひかなかったくらいだった。ただ、体が細かった。兵隊検査のとき四十九キロしかありませんでしたから。それで第三乙種です。

——本当に兵隊に取られるか取られないかのギリギリの線だったのですね。

神代　「怖くなかった」という二つ目の理由はね、何度もいうけれど、情報が遮断されていた、やはりそれが大きい。たとえば、戦死者。それまでも支那事変で相当死んでるんだけど、あまり発表しなかったんだよね。だからわかんなかったわけ。こっちも二十歳になったばかりでしょ、戦争っていうものが戦争ごっこの延長みたいな感覚でしかなかった。日本は強い、絶対勝つと思っていたから。

だいたい時間もなかったしね。昭和十八年（一九四三年）十月、東条（英機）さんによって大学生の徴兵猶予がなくなって、そこから軍隊に行くまで二か月でしょ、十二月一日には陸軍、十二月十日には海軍の入隊が待っている。その間に急いで卒論出して、兵隊検査があるわけです。

僕は東京だからまだいいんだ。地方から来た学生は原籍で受けるの。北海道は北海道、九州の人は九州まで帰んなきゃいけない。学校なんかもう授業ないよね。学校が急にガランとしちゃって。もうじき軍隊いくわけでょ、死ぬかもしれないわけだから、故郷に帰った連中はなるべく親兄弟といたいわけだ。だから東京に戻ってこないの。よくテレビで神宮競技場の学徒出陣の壮行会の映像が流れるでしょ、雨の中の行進。出陣学徒が全員出たなんて大ウソなんだ。実際の学徒兵の半分くらいしか出ていない。僕だって出ていないんだから、壮行会。

――強制ではなかったのですね。よくテレビの戦争特集では、悲壮感たっぷりの音楽をつけて紹介されたりしますが。

神代　ひとつの大学で何人出せという割り当てはあったけど、全員出ろというものではなかった。ご承知かもしれなけど、学徒というのは文系の学生だけで、理系は対象外です。でも慶應の場合、（行進の）数が足りなくて恰好つかないからというんで、医学部のやつも適当に動員されてね。

僕の場合はちゃんと用意はしていたんだ。朝早いから学校にある軍事教練用の三八式歩兵銃を前の日に家に持って帰って。それで僕はその銃を担いで、ゲートル……じゃない、「巻脚絆」っていうんだ。外国語使っちゃいけない（笑）。玄関で巻脚絆を巻いていたら、さっき言った一緒に留置所入った相撲部の安藤、それから恩田ていうのが――これは射撃部だけど――やはり銃もって迎えにきたの。そしたらちょうど雨が降り出したんだ。銃は濡れるとあとが面倒なんだよ。油ひいて掃除して返さないといけない。どうせ行っても東条首相の大したことない話聞かされるだけだし、「よそうやないか」て話になってね。安藤が「軍隊いったら女の子なんか見られないぞ、当分」。で、みんなでうちに銃を置いて日劇ダンシング・チームのレビューに行った。踊り子の生脚を観に行ったわけ（笑）。ラインダンス。当時、当然ながら胸は見せてはいけない、肌は見せてはいけないいんだけど、脚は出してよかったの。
よく、若い人に、あの雨の壮行会はどうでしたかって聞かれんだけどね、まさかサボって踊り子の生脚観にいってました、なんていえないしね（笑）。

●十人の学徒兵がいれば、十の戦争があり、十の軍隊がある――。

インタビューの冒頭で神代さんから言われたのはこのことだった。同じ元学徒兵でも、ある人は軍隊を非人間的な殺戮の訓練場であったと証言し、ある人は己の人格形成を語るにおいて欠くことのできない修練の場であったと回想する。これはどちらも真実であるということだ。神代さん自身、かつての学徒仲間とご自分の軍隊体験を語りあうとき、「こうも違うのか」と思うことがしばしばあったという。だからこそ、できるだけ多様な体験談を蒐集し、ニュートラルな目で分析すべきだと忠告を受けた。

神代さんによれば、主にこの三つの違いが、それぞれの戦争観の違いにつながるという。《場所の違い》配属された部隊や戦地の違い。訓練もそこそこに戦地に送られる人もいれば、内地勤務で終わる人もいる。南方か、はたまた満州かでも、当然、両者の体験した「戦争」には差違があるはずだ。

《人生観と思想の違い》政治的にリベラルな立場にあるのか保守的傾向にあるのか、この違いはむろん、その人の戦争観に影響を及ぼす。

《時間の経過》戦後七十年を経過すれば、その人の七十年の生きざまがそこに投影される。復興の波に乗って成功した人もいれば、戦争で何もかも失いゼロどころかマイナスから再出発した人がいるわけで、やはり語られる戦争はまったく違ったものになるわけだ。

特に二番目の《人生観と思想の違い》はわれわれ取材する側も常に留意するべきだろう。歴史、先の戦争を語るとき、われわれは意識の有無はともかく自身のイデオロギーを物差しに、そこから逆算した答えを用意していることが多々ある。メディアも例外ではない。インタビューにも触れられた、学徒出陣の雨の壮行会。テレビの戦争特集などでは、モノクロの記録フィルムを悲壮感ただようBGMつきで紹介するのが常だが、神代さんのお話から受ける印象はだいぶ違う。少なくとも当日サボっても罰せられることもなかったようだ。

それにしても、演目に多少の国防色があるにせよ、この時点でなお日劇ではレビューが興行されていたというのは新鮮な驚きである。橋本与志夫著『日劇レビュー史』(三一書房)によると、壮行会該当日は第一四〇回公演『日劇秋の踊り』のちょうど中日《なかび》あたりにあたった。出演は東宝舞踏隊（日劇ダンシングチームの戦中の呼び名)、東宝楽劇団、東宝人形劇団、東宝笑和会とある。ちなみに、『秋の踊り』をはさみ、第一三九回公演は『空征かば』、第一四一回公演の演目は『日本赤十字』であった。戦中最後の興行は昭和十九年（一九四四年）二月二十九日千秋楽の第一四五回公演『バリ島』で、翌三月から日劇の円型劇場は客席が取り外され、陸軍の風船爆弾工場として使用されたという。

ここで簡単に人物解説を——。神代さんの曽祖父にあたる周布政之助は長州藩士。改革派として、桂小五郎や高杉晋作を積極的に登用し、吉田松陰および松下村塾系の人物のよき理解者だったが、禁門の変や長州征伐で、長州藩存亡の危機の中、文字どおり詰め腹を切らされる形で自害している。大酒飲みだったことでも知られ、下戸の神代さんはどうもこの方面のDNAは受け継いでいないようだ。

小泉信三はマルクス経済学批判で知られる経済学者。東宮御教育常時参与として皇太子時代の今上陛下の教育の責任者を務める。昭和八年（一九三三年）から二十六年（一九四六年）まで慶應義塾の塾長にあった。出陣学徒壮行早慶戦（いわゆる「最後の早慶戦」）は小泉の尽力による。（但馬）

初年兵いじめと性欲の関係

——最初に配属されたのはどちらでしたか。

神代　近衛歩兵第三連隊。普通の歩兵三連隊と近歩三があってよく間違われるんだけど、近歩は三連隊までしかないんです。第一連隊が竹橋にあるの。これは天皇陛下を守るための部隊なんですよ。二連隊と三連隊はその予備なんだ。「近衛歩兵」っ聞いたから、しめた！近衛だったら品がいいだろうと。これはいいところへ行くって喜んで行ったら、大間違い。天皇陛下を守るのは竹橋の一連隊だけなんだね。三連隊って予備隊でしょ。予備隊でしかもノモンハンで負けた連中が上等兵や下士官でいばってるんだ。

——古参の人とか。

神代　古参たって歳は違わないんだ。しかもこないだまでドンパチやって帰ってきた連中だから血の気が多い。やくざみたいのがゴロゴロいるの。近衛だから品がいいなんてとんでもない。僕らみたいな大学出の士官候補生が入ってきたでしょ、面白くないわけ。僕らをいじめるんですよ。

「お前たちは大学でいままでフラフラ女の尻追いかけましておって、試験受けると六か月経てば俺より星が上。よし、いまのうちに気合を入れてやる」とかね。

――それは災難でしたね。予備学生の方はそういう体験された人も多いと伺っていますが。

神代　動作が鈍いとか、なんかヘマをしたのなら仕方がない。訓練だから。そうじゃないんだ。ひとつの中隊に新兵が十五人ぐらいいる、全部学徒なんだけど、全員殴られているんだ。とにかく、男のひがみが入っているから陰湿なわけです。

アントニオ猪木っているでしょ、気合入れてやるとかいってビンタするじゃない。あれ見ると思い出すよ。猪木に殴られて、また相手が喜んでいるじゃない、バカじゃないかね。殴られて気合なんか入んないよね。

――確かにあまり感心しないパフォーマンスだとは思いますが。

神代　俺、あんまりしゃくに障ったんで、日記に「正」という字をつけたの。つけたら、平均一日に二十発殴られていた。それが六か月だよ。軍隊で一番つらかったのは初年兵の六か月。あとはもう楽だよね。逃げたやつもいました。兵舎の屏を乗り越えて。でも日本の憲兵はすごいね。次の日には捕まえて、最前線に送られちゃう。一番弾の飛んでいくところに行かされて、たいていは戦死。あと一人、短剣で上役の腹を刺しちゃったのがいた、あまりいじめられるんでカッとなって。死ななかったけどね。そいつも二、三日のうちに戦地に送られて、やっぱり死んだんじゃないかな。学徒出陣の人だった。

結局「なんで殴るのか？」ってよく考えたんだ。それでわかったことがあるんです。木曜、金曜あたりというのはやたら殴られる。月曜日ってあんまり殴られないんですよ。前の日、日曜日で外出するでしょ、決まって女を買いに行くんだ、古参の連中は。月曜日はすっきりしている。だから、新兵いじめるのって、あれは性欲と大いに関係あるんだね。

——うーん（笑）、いや、あるかもしれませんね。

神代　初年兵は隣の寝台のやつ、上等兵でこれを「戦友」ていうんだけど、そいつのふんどしから靴まで全部掃除しなきゃいけないんです。もちろん、自分のぶんも洗わなくちゃいけない。他に配膳とかぜんぶ身の周りの世話をする。洗濯して干すでしょ、ふんどしとか無くなるんだよね。盗まれる。すると殴られるから、適当にほかのやつの洗濯物を盗んで揃えておく。そういうことを憶えるわけです。盗みが悪いことなんて考えたことない。自分が生きることで精いっぱいだから。軍隊というところはおそろしく獣性が出るよね。食事の盛りの多い少ないでケンカになるの、大学出のインテリが。また、恐ろしく腹が減るんですよ、軍隊というところは。体の細い僕だって飯盒二杯分食べていたもの。

でもね、ある程度殴るのも必要なんだと思う。耐えられないことを耐えることによって、戦地行くでしょ、弾の飛び交う中を突撃するわけだけど、通常の理性ではそんなことできないよね。ところが、ぶん殴られてているうちに頭が犬みたいになるんです。「突撃！」

と号令かかると突撃できちゃうわけ。犬が投げた球咥えて戻ってくるでしょ、あんな感じなんだね。頭をバカにすることも軍隊で生きる知恵なんだ。

――訓練はいかがでしたか。

神代　東宮六部隊――これは近歩三連隊のことなんだけど、庭が狭いんです。それで訓練は代々木の練兵所で行うわけですよ。毎朝、六本木から代々木まで、五十九から六十キロの、自分の体重より重い背嚢《はいのう》背負って駆け足ですよ。弱いやつがいて二、三人ぶっ倒れるんだけど、そのうちの一人が僕で。新兵たちには上等兵か伍長が助手ていう形でつくんです。ある日、六本木の通りでぶっ倒れたら、そこが大きな屋敷の前で、「大変だ、兵隊さんが倒れた！」とかいって、その屋敷の女中さんが玄関のところまで出てきて、僕と助手にジュースなんかごちそうしてくれてね。そうしたら助手のやつ、「お前、ときどきあの家の前で倒れろよ」。僕も二回ぐらいその家のお世話になったもんね。しまいには、みんなその家の前で倒れたり（笑）。

それから、李香蘭いたでしょ。彼女、六本木に下宿していたんだよ。駆け足していると向こうから歩いてくるの。三、四回見かけましたよ。

――李香蘭（山口淑子）といえば、当時の大スターではないですか。乃木坂の帝国アパートにマネージャーと暮らしていた時期があったといいますから、その時分ですね。神代さんをはじめ、当時の若者は彼女が中国人であると信じていましたか。

神代　うん。信じていた。

つかの間の学生気分

神代　六か月いたら試験でしょ。試験は二回。一次が合格すれば下士官、二次で幹部候補生（士官）。二次落ちても下士官にはなれる。落ちたやつは移動しないで、近歩で下士官やるわけです。そうそう思い出した、今ワイドショーやっている関口宏っているでしょ、あいつの親父で俳優の……。

――佐野周二さんですか。当時、松竹の美男俳優でしたね。

神代　そうそう。本名が関口（正三郎）。うちの隊の本部にいたんだよ。あれ立教大学出てるのに、二次の試験で落っこたのか下士官だった。僕らより二期ばかり先輩だけど、まだ伍長か軍曹でね。時々当番で本部を掃除に行かせられると、関口がいるんだ。「おお」と思って。日曜日になると普通外出するんだけど、本部の人はあんまり外出しないんだね。関口のところには女優が面会にくるんですよ。俺たち、面会所のそばいって、今日は誰がくるかなって見ている。女なんか見られないから。

——当時の松竹ですと、田中絹代ですとか三浦光子ですとか…。

神代　ちょっと忘れたな（笑）。

で、甲種幹部候補生に受かった人は習志野に行くのね。試験自体は大したものではなかった。五箇条の御誓文について書けとかね。

習志野に東部軍教育隊っていうのができて、僕はそこの第一期生なんだ。今までぶん殴られたのが、そこ行ったらもう天国。それまで夜は土間に藁布団ひいて毛布で寝ていたんだけど、そこへ行ったら畳の上で寝られてね。

習志野行ったら、方々からみんな来てるんだ。学生時代の同級生もいたし。教官だって幹部候補生上がりの人が少尉かなんかで教えるんだ。みんなインテリだからぶん殴るなんてことないわけだ。しかも、寝るときなんか畳敷きでしょ。みんなで学生時代の話をしたり、銀座の天國《てんくに》っていう天ぷら屋は旨かったな、とかね。

——そのときばかりはみなさん学生に戻ったと。

神代　まあ、それでも訓練は訓練だから。習志野の原っぱ這いずり回って血だらけになったり、夜行進してて、穴ぼこに落っこちて足を骨折したり、誰かしらケガはしていたけどね、精神的には（近歩より）ずっと楽。

東部軍教育隊も半年で終わって今度は仙台の予備士官学校に入る。予備士官学校を卒業するとき、半分は外地へ行った。あの頃日本の戦線ってのはずっと広くなったでしょ。満州からボルネオまで広い範囲に兵を置かないといけない。あれは日本の失敗だと思っている。占領するとそこに守備隊を置くでしょ、もう若い兵士がいくらいても足りない。

僕は幸い内地組で、浜松にある第一航測連隊へと配属されたんです。航測とは航空測量のこと。今まで生徒だけど、これで本物の軍人になるんだと勇んで行ったら、連隊長が「ここは通信隊だ」「お前ら歩兵は役に立たん」て。役に立たんて言われてもさ、それで十日ぐらいは空いたベッドでぶらぶらしていたら、「お前ら勉強してこい」。仙台飛行学校に行かされた。

右が東京空襲、左が大阪空襲

――結局、生徒に逆戻りですか。

神代　この仙台飛行学校では満州あたりから転官してきたやつらと一緒になってね、例の相撲部だった安藤ともここで再会しました。航測隊とか、地上通信隊とか、整備隊とか色んな隊に分かれてるんだ。彼は隣の建物で通信隊。僕は航測隊で、やはり半年間、通信を習いました。僕は航測隊三十名の中では通信の実技は一番上手かった。だけど、学科がダメでね、成績は中ぐらい。学科は工学部の連中はずば抜けていた。僕は経済学部だから、もう授業がつまらなくて。実家から探偵小説の文庫本取り寄せて、そればっかり読んでました。飛行学校も学徒ばかりだったから、楽しかったですけどね。

仙台を卒業したのは昭和十九年（一九四四年）の十二月。二〇年そうそうに原隊復帰だけれど、ここでも別れたの。八人いたうちの四人が外地へ行くことになって。戦地へ行かされるやつもいるんだ。そういう意味では、僕は軍隊では運のいい方だった。

――原隊復帰というのは、第一航測連隊ですか。

神代　そう。隊は浜松飛行場の隣にあったんです。戦闘機やら爆撃機がいっぱいあるわけ。ところが、この飛行機を目標に毎晩空襲がある。既に日本は制空権を取られているから、敵はサイパンからまっすぐくる。

浜名湖の湖面が夜光るんだ。光って、右へ行くと東京空襲。左へ行くと大阪空襲。必ず浜松へ来るの、富士山を目印にしているから。そんなもんでこっちは寝られないわけ。夜、空襲警報がなると洋服着て防空壕に飛び込むの。そして、飛行場にある戦闘機や爆撃機が全部逃げるの。本土決戦に備えて、一機でも温存しなかればいけない。もう日本には鉄もジェラルミンもないわけですよ。それで、闘わず逃げる。空襲が終わるとスーッと帰ってくるんだ。あの頃から日本負けると思った、僕は。あの時初めて思った。

——負けると思っても、それを口に出すことはなかったですか？

神代　将校の間では話してたよ。「これは日本ダメだな」と。あとはどういう形で終戦になるかなんてね。だけど、地方の隊なんかいるとよく分かんないんだ、情報がないから。

空襲では僕はね、一度だけ生命の危険を憶えたことがある。たまたま空襲警報が遅れたかで、防空壕に飛び込む前に敵が来たんだ。われわれのところには爆弾を落とさないんですよ、戦闘隊ではなく教育隊ということを向こうも知っているから。その代わり隣の飛行場は爆弾の餌食ですけど。爆弾はあまり怖くない。その代わり一番おっかなかったのは機銃掃射。背中めがけて撃ってくるから。二、三人用の小さな防空壕があって、僕ともう一人、僕の部下——そのときは、もう教官だったからね、ようやく教える立場になったわけ——で飛び込んだんだ。壕は相当深く掘ってあるから、入ってしまえば、機銃掃射ぐらいなら平気なんだけど、そのときは部下が安心したのか、様子見のために上へ上ったの。そうしたら突然ギャーという声が。見たら、お腹から血が噴き出してるんだ。地面で跳ねてワンバウンドで入ったんだね、機関銃の弾が。もう少し角度が違っていたら、僕が撃たれていたかもしれない。

それでね、自分でも不思議なんだけど、人間ていうのはいざというときは馬鹿力が出るもんだね。まだ空襲警報解除になってないのに、血を噴水のように噴き出している部下を担いで医務室まで運んだんだよ。四十八キロしかない僕が。でも医務室に駆け込んだときにはもう死んでたけどね。あのときは、珍しく連隊長から表彰されたよ。軍隊で褒められたのはあとにも先にもそれ一度きり。

――これまで内地勤務ということもあって、あまり怖い経験のなかった神代さんが、はじめて身内の戦死というものを意識されたのはそのときですか。

神代　アメリカの艦隊が浜松の沖まで来たんだよ。艦砲射撃っていって、あれは怖いんだよ。海の方が明るくなって、ひゅーひゅーひゅーって音がするの。それでバーンと爆発する。軍艦の弾だよ。海から距離があるから飛んでこないのはわかっているんだけどね。

飛行場の前に大きな防空壕があって、民間人がいっぱい逃げ込んでいたんだけど、そこの被害はほんとうにひどかった。空襲の翌朝、僕が隊長で兵隊五十人ぐらい連れて処理に行かされた。大きな防空壕の壁に人間が貼りついているんだ、おせんべいのように。爆弾で死んだんじゃない。爆風で吹き飛ばされたんだ。仕方がないから、それを引っぱがしてトラックに積んで運ぶ。もう、二、三日飯が食えなくなるよ。死体の臭いで。

●ここでは神代さんの軍隊生活を駆け足で回想していただいた。

神代さんが最初に配属された近衛第三連隊の所在地は、現在のＴＢＳ放送センターのあるあたり、番地でいえば一ツ木で、六本木というより赤坂といった方がより正確かもしれない。赤レンガ造りの三階建ての兵舎が二棟、異彩を放っていたという。昭和十一年（一九三六年）の二・二六事件では、この部隊の一部が反乱軍として参加している。

学徒兵に対する現役入隊組のジェラシーからくるいじめは実際すさまじいものがあったようだ。大学生というだけで幹部候補への道が半ば約束されているエリート組に対するノンキャリア組の反発は、まあ人情という意味では理解できなくもない。一方、海軍関係者の取材では、予備学生と兵学校組の確執をよく耳にする。予備学生も海兵組もともにエリート・コースなのであるが、ガチガチの軍人教育を叩きこまれてきた海兵にとって、どこか〝娑婆っ気〟の抜けきらない大学生はとかく癇に障る存在だったのだろう。成績優秀ながら家庭の事情で私学への進学を諦め、海兵を選んだ者も少なくなかったからなおさらかもしれない。どちらにしろ、軍隊という男の園ならではの屈折した感情のぶつかり合いをそこに見る。

さて、佐野周二の名前が出てくる。戦前は松竹メロドラマの二枚目、戦後はホームドラマの実直な父親役などを得意とした役者だ。プロフィールによれば、昭和八年（一九三三年）立教大学予科を卒業後、松竹入りし、人気絶頂の最中、三度の招集を受けたとあるから、幹部候補試験に落ちたというわけでもなさそうである（佐野氏の名誉のため）。軍隊生活の合間にも俳優活動を続けているところを見ても何かしらの事情があったのかもしれない。『愛国の花』、『野戦軍楽隊』、『必勝歌』といったタイトル群を見ればわかるとおり、この当時の出演作品のほとんどは国威発揚のための国策映画である。

東部軍教育隊に関しては、神代さん自身が「天国」と語っているせいか、近歩時代ほどの生々しいエピソードを聞くことはなかった。一方で同教育隊は、なかなかの著名人を輩出している。戦後、父である東急電鉄総帥・五島慶太の跡を継ぎ、デパートからレジャー、エンタメにいたるまで事業を拡大し、一大五島王国を築き上げることになる五島昇（東大法科）がまず浮かぶ。同教育隊の経理部に在籍中、東部軍教育隊歌を作曲した繁田裕司（東京法科）はのちに数々のCMソングやアニメ主題歌の作曲で知られることになる三木鶏郎その人である。変わったところでは、日本のゲイバーの草分けである青江のママこと青江忠一（法政大）も東部軍教育隊の出身だ。青江はその後、少尉として習志野の戦車隊に配属されている。ちなみに男色に目覚めたのは軍隊時代だとのことで、まさに軍隊とは男の園なのだ。

一転し第一航測連隊では、神代さんは実弾の雨と多くの死と対面することになる。夜、敵機が浜名湖上空に現れ、その旋回方向で東京か関西か空襲の目標がわかるというエピソード、神代さんはさらりと語っておられるが、迎撃もできぬまま、彼らを見逃すことし

かできなかった無念さを行間から汲み取っていただきたい。(但馬)

闇屋は儲かった

――終戦は浜松で迎えられたのですか。

神代　浜松はそんなわけで空襲がひどくて、岐阜の蒲生郡の西大路村っていうところに引っ越すことになったんです。僕ら教員隊でしょ。でも教育できないわけですよ。夜、寝られないから。僕は輸送指揮官やらされたんだけど、ひとつの連隊が引っ越すのは大変なんだ。鉄道での移動で一か月かかりました。現地では、小学校やお寺を借りて、そこにみんな分宿させた。それでようやく教育が再開できたと思ったら、十日目あたりで終戦になっちゃった。

僕は食料などの運搬の指揮官で部下を連れて出払っていたので、玉音放送は聞いていない。帰ってきたら日本は負けたらしいって。そりゃ負けた時は複雑な心境ですよ。ショックでした。早慶戦で負けたときの比じゃないよ。それと同時に、これで家に帰れるという安堵の思いも正直あった。その二つの気持ちが入り乱れてね。

教育隊だったから、そう荒っぽいやつはいないんだけど、一人下士官で切腹したやつがいたらしい。すごいのがいるなあって。僕の隊じゃないからよくわからないんだけどね。

――除隊はスムーズにいきましたか。

神代　連隊長のはからいで、まず新兵さんから帰して、僕ら見習士官は九月十日に帰ることになった。まだから言えるけど、乾パンとか、干しブドウとか、それから軍服や編上靴がいっぱいあるわけです、教育隊だから入れ替わり生徒がくるでしょ。連隊長が「こんなもの残しておいても仕方がない。持って帰れ」。それでみんなで分けることにした。僕は柳行李三箱に詰めてチッキで送った。これはあとで大変役に立ったよ。軍靴とか軍服は新橋の闇市もっていくと飛ぶように売れたから。僕もしばらく闇屋やっていたんです。乾パンや干しブドウはお袋がとても喜んだ。食べ物に関してはとても苦労していたようだった。

――闇屋をやられていたのですか。

神代　親父が工場をやっていたんですよ。日本精密工具、ニッセーという名前になって今も山梨にあります。軍の指定工場だったから羽振りもよかったけど、そのぶん、戦後、平和産業に転換するまで苦労してね、そこで営業部長を表に立てて、日本精密の名前でやるとまずいから「スタート商事」、いかにも闇屋らしい名前なんだけど。新橋の一軒家に看板出したんだ。僕も就職先ないもんで、そこで少し闇屋をやった。闇屋は儲かったね。みんながスイトン食べていたときに、僕らは何でも食べていたもの。ロッキード事件で有名になった小佐野賢治って知っている？　あれも当時の闇屋仲間だよ。

――横井英樹と並ぶ昭和の乗っ取り王ですね。また、ずいぶんとすごい方とお知り合いで（笑）。そういうえば、小佐野さんは山梨県の出身でした。

神代　トラックで指定された場所に隠匿物資を取りに行くんだ。現金もってね。一度お巡りに追っかけられてえらい目にあったよ。

それから、うちの親父の友達で、阪急グループ作った小林一三っていたよね。小林さんの異母弟《おとうと》で後楽園の社長やボクシングのコミッショナーやった田邊宗英さんは若い頃、親父と同じ会社にいたんだ。だから、コネがあって。小林さんの実家は山梨の造り酒屋なんだけどね、そこへ親父の紹介状もってお酒をわけてもらう。まだ酒なんて配給制。呑兵衛はメチルアルコール飲んで目が潰れてた時代だ。どんどん売れたね。

――敗戦の混乱期というのは実は、ビジネスチャンスでもあったということですね。

神代　当時の闇屋仲間が百人。そのうち、最後まで残って財産残したのは二、三人がいいところじゃないかな。みんな没落した。

――復学というのは考えらなかったのですか。

神代　いや、考えていましたよ。東京中焼け野原で、世の中がどうなるのかもわからなかったし、世の中が少し落ち着くまで学校にいようと思ったんだ。学校行って、「あと一年残っているはずだから復学させてくれ」と言ったら、「あなたはもう卒業扱いだし、もうお母さんに卒業証書渡しているから」ダメだというんだ。聴講生でもいいからと言ったけど、もう学校も半分焼けちゃって、大ホールから全部。在校生だけで手いっぱいなのに聴講生なんて受け付けていないって。就職の世話してくれと食い下がったら、今どこからも就職依頼はないからと言われた。慶應義塾創立以来、就職依頼が企業から一件も来てないのはあの時だけ。

──卒業扱いではあったのですね。

神代　繰り上げで卒業になったでしょ。慶應という学校は大したものでね、兵隊に行った僕らのためにちゃんと卒業式をやってくれたんだそうだ。昭和十九年（一九四四年）の九月に。僕が習志野で一生懸命匍匐《ほふく》前進していた時だよ。おふくろが卒業証書受け取ってた。でも高輪の家が空襲で焼けちゃったから、僕は自分の卒業証書見たことないの。

──お家が焼けてしまってご苦労されましたのではないですか。

神代　鎌倉にも家があって、そこに疎開していたんですよ。

そうそう、僕ら家族は進駐軍と二か月間同居したんだ。鎌倉の家は洋式トイレだったんで、横須賀の進駐軍に接収されたんです。当時はまだ汲み取り式が主流でした。うちにやってきたのはアメリカのの海軍少尉で、しかも新婚夫婦でした。「すぐに出て行け」と言われたけど行くところがない。じゃあ、二か月ぐらい一緒にいていい、ということになって、日本間の二間は僕らが使い、洋間の方は進駐軍の新婚夫婦。ところがこの夫婦、こちらに遠慮することなくイチャイチャするんだ。それから夜、友達を連れてきてはパーティですよ。妹は年頃だったもので、親父も心配してね。早く引っ越そうって、高輪の土地を坪二千円で売って、二千円だよ。今もっていれば、何百万だ。土地を売って奥沢に家買ってそこに引っ越したんです。

――奥沢というと自由が丘ですね。やはり一等地ですよ。

神代　その頃の進駐軍見ると、こいつらと戦争どころじゃねえよな、てしみじみ思ったね。朝鮮動乱が始まっても平気な顔してのんびり遊んでるんだ。だからやっぱり日本とアメリカとの軍隊は全然違うと思う。日本みたいに精神主義に凝り固まってないから。日本の軍隊の、ことに初年兵のいじめ方ってのは本当にひどいね。あれだ、猪木だよ、精神主義。だから猪木見るとしゃくに障ってばかり。猪木大っ嫌いだよ。

●「戦中よりも敗戦直後の方が飢えていた」という話をよく耳にする。猪野健治編『東京闇市興亡史』（草風社）によると、敗戦の日から十一月中旬までの半年間に、神戸、大阪、京都、名古屋の四都市の餓死者は七三三人。東京では上野、愛宕、四谷の三管轄内だけで一五〇人を数えたという。病人、乳児、老人、弱い者から次々と死んでいった。誰もが生きるために必死であった。焼け跡に浮浪児が徘徊し、食べるために春を米兵相手にひさぐ女もいた。

家が残っただけでも、神代さん一家はまだしも幸運だったかもしれない。進駐軍に家を接収されたというエピソードが出てくる。連合軍は日本を占領後、自分たちの使う、兵舎、工場、ホテル、病院、倉庫、学校などを強制接収した。日比谷公会堂も旧両国国技館も山の上ホテルも、この時期進駐軍のものだったのである。さらに彼らは居住のために、洋式住宅（私邸）の接収を要求してきた。横浜、横須賀、鎌倉といった地域がその中心である。三島由紀夫の小説『午後の曳航』の舞台は横浜で、主人公・登の家は一時期、接収を受け、その際、二階にトイレが建て増しされたという設定であった。それにしても、二か月間とはいえ、奇妙な同居生活である。少尉夫妻に家のほとんどを占拠されながら、まだ日本間が二間残るというのだから、なかなかの豪邸だ。

この混沌の時代、人々の生命線でもあったのが闇市だった。誰もがヤミ米を食べ、生活必需品をもとめて闇市に群がった。帝都でいち早く復興ののろしを上げたのが新宿である。その象徴であるのが、テキ屋一家・関東尾津組（尾津喜之助親分）による青空市場（闇市）「竜宮マーケット」だった。尾津喜之助がこの地にマーケットを開いたのは、玉音放送からわずか五日後の八月二十日のことだという。他の闇市がいわゆる「闇値」で暴利をむさぼっていたときに、尾津のマーケットは適正価格での販売を貫き、また一定のショバ代を払えば誰でも出店を許して、敗戦で失職した復員兵、傷痍軍人や戦争未亡人にこれを優先させるなどの義侠で庶民に人気があった。

　また、尾津は、軍刀の生産者にはナイフや包丁を作らせ、鉄兜の工場には鍋釜を作るように勧め、それをマーケットで売ることにした。本インタビューにあるとおり、軍事産業の下請けを生業にしていた町工場を平和産業に転換させることは急務だったのである。

　神代さんが出入りしていた新橋はカッパの松こと松田義一率いる関東松田組のシマだった（新生マーケット）。松田も義侠の人として知られ、マーケット乗っ取りをたくらむ第三国人勢力との抗争はつとに有名である。松田は破門した舎弟分の逆恨みの銃弾によって他界、その跡目は妻・芳子が継ぐ。女親分と第三国人の抗争は激化し、ついには機関銃まで飛び出す市街戦「新橋事件」（昭和二十一年）にまで発展している。神代さんも幾度か修羅場の渦中に身を置いていたことだろう。

　なつかしい名前が出てくる。小佐野賢治は隠匿軍事物資で財をなし、政界と裏社会をつなぐ政商として知られた人物。戦後最大の疑獄事件といわれたロッキード事件にも連座し、国会での証人尋問で発した「記憶にございません」は流行語にもなった。

小林一三は阪急グループの総帥。鉄道の沿線に温泉や球場、劇場（宝塚歌劇団）などの娯楽施設を置く独自の田園都市構想は、その後の私鉄経営のモデル・ケースとなった。福沢諭吉存命時の慶應義塾の出身である。彼の肝いりで、京都の映画会社ＪＯと東京のトーキー・スタジオＰＣＬが合併してできたのが今も続く東宝株式会社だ。その東宝も、この時期、「戦後最大の争議」といわれた東宝大争議（昭和二十三年）を迎え存亡の危機にあった。

争議を鎮圧したのは撮影所を包囲したＧＨＱの戦車隊である。

九十歳にしてダンディ。いかにも慶應ボーイ然とした神代さんの戦後が闇屋でスタートしたというのは正直意外であるが、これもこの時代のカオスのなせる業かもしれない。

十人の学徒兵がいれば、十の戦後があるのである。（但馬）

第二章　学徒兵の戦記

《四人目の証言》**寺尾哲男**（早稲田大学）元海軍七〇一航空隊

朝日新聞社の『学徒出陣五十年』という本を読みますと、後になってから裁いている意図が見えてきます。この本で印象的だった言葉は、「学徒兵達と世代を異にする私（作者）は、あえてこれを突き放し、客観的立場から彼らの青春を美しく問いたい。」などと。あえてこれを突き放し、客観的立場からというのは、人を人と思わない態度から学徒出陣を見ているように思えてなりません。

海軍のことを知らずに「海軍を志望」

――まず、昭和十八年当時、実際に徴兵猶予が決まり、学徒出陣が決まったその時の心境はどうだったのでしょうか?

寺尾　それは人それぞれ置かれた環境によって感じ方は違うだろうけれども、私自身としては、その前に私は日本の国策は、南方進出すべきであるという考えを持っていて、国としてもそのような方針をとっていたんですが、「図南会」という早稲田大学の学生の会を作っていました。一種の文化団体です、海外政策を研究する会を作っていました。その時分、石原産業という会社が、マレーシアに在るんですが、そこの社長の石原広一郎さんが僕らの「図南会」を推していてくれていました。そういう考え方の会だったので、当時の国の政策に対しても肯定的な雰囲気が漂っていました。そういう中で徴兵猶予停止の知らせがきたのです。

昭和十七年四月、学部一年になり、その年の六月に父親が亡くなり、しかもその当時は学年短縮だったので、昭和十七年の四月から九月までが学部一年でしたから、学部の一年はあっという間に過ぎていきました。そして、学部の二年が昭和十七年十月から、翌年の九月の末、そして、九月末に学年末試験の勉強を始めた矢先の、九月二十五日にラジオで徴兵猶予停止の放送を聴きました。そのときは、果たして学部二年から三年に上がれるのかどうか心配で、分からない状態でしたが、結局十月に学部三年生に進級しました。そして、最後の早慶戦を観戦し、送別会やらに参加しました。

そして、十月末に本籍の鹿児島で徴兵検査を受けました。徴兵検査は自信がなかったんですが、なんと甲種合格で。そして、甲種合格を徴兵官に報告するんですが、前から陸軍にはいきたくないなぁと思っていまして、だからといって海軍のことは全く知らなかったのですが、その時徴兵官の前で「海軍を志望します」と勝手に自分から言ってしまったんですね。徴兵官は陸軍の人ですから悪い顔をされましたけどね。

そして、検査が終わり東京に帰り、陸軍が十二月一日に入営、そして海軍は十日に入団でした。私の場合、陸軍なら鹿児島の連隊、海軍なら佐世保の海兵団になるんだろうと思ってたんですが、十一月の二十日頃になっても一向に通達が来ないんですね。何も来ないので、とうとう鹿児島の役所に電話をかけたんです。

ちなみに当時の電話というのは途中に電話交換手などがいて、いつ繋がるか分からないものでした。戦後昭和三十年頃まではずっとそのような状態でした。急報、特急、普通と三種類の電話があったんですね。

そういう訳で、鹿児島などという遠いところにかけるとなると大変なことです。そして鹿児島市の徴兵担当の役所に繋がりまして、「きちんと送ったんですか？」と聞いたら、「ええ、送りました、しかし返ってきました。」と。「送った住所を読んでくれますか？」と聞いたら、「渋谷区下落合…」と。「私の住所は淀橋区ですよ。」と言ったら、「淀橋区なんてあるんですか？」なんて。

――もし、その時、放置していたらどうなっていたのでしょうかね？

寺尾　放置していたらおそらく徴兵拒否にされていたでしょう。そこでやっと海軍であることが判明したんですね。

――そして、結局佐世保の海兵団に？

寺尾　佐世保ですね。当時海軍には海兵団が四カ所存在しました。横須賀、今の武山ですね、それと大竹、佐世保、舞鶴とありました。佐世保は当時第一と第二海兵団とありましたが、僕たちが所属していた途中で第二海兵団が相ノ浦海兵団と名前が変わったんですね。とにかく、当時徴兵猶予停止を聞いてどう思ったかというと、「抵抗感がなかった」ということですね。

――この朝日新聞社からでている『学徒出陣五十年』という本を読みますと、「それは全て国家に騙されていたんだ」などと書かれていますが、今から考えてそのようなことはあったと思いますか？

寺尾　今から考えればそういう言い方が出来るかもしれないけれど、その当時は国の方針に従うことは国民として当然だったし、それ以外の考え方はありえなかったと思うなぁ。

――「学徒兵達と世代を異にする私（作者）は、あえてこれを突き放し、客観的立場から彼らの青春を美しく問いたい。」などとあります。

寺尾　戦没学徒の遺稿集『ああ同期の桜』などを読むと、当時少人数ながらその時分を冷静に客観的に捉えていた方もいました。軍にいくよりは、学問の道を極めたいと思っていた人もいました。その気持ちを『ああ同期の桜』にも書いていますが、その中に日本という国に反対であるなどと考えていた人はいませんでしたね。だから、騙されていたと思っていた人はいないと思いますよ。

――かつて、保阪正康氏が『きけ、わだつみの声』について詳細に調べたそうですが、岩波書店によって随分改竄されていたことが明らかになったんですよね。

寺尾　わだつみ会には第十四期の中でも加入している人がいます。彼らはしきりに我々に対し、共同歩調をとらないかと誘って来るんですね。しかし、我々は相手にしていません。

――そして、この本の中でも実際に行かれた方の話を聞くとあるんですが、全てわだつみ会の人ですね。わだつみ会の人たちの意見を以て全ての学徒の意見にしているんですよ。

寺尾　十四期の仲間のほとんどはわだつみ会に対し、批判的な意見をもっています。

――わだつみ会も戦後特殊なイデオロギーによって過去を切り捨てる見方をしているんでしょうね。

寺尾　わだつみ会は特殊な会ですよ。

――しかし、マスコミで紹介されるのは常にわだつみ会ですよね。

寺尾　特に朝日新聞なんかがね。

飛行要務の任に

――では、続いて海兵団入団後のお話をお聞かせ下さい。

寺尾　海兵団に入り十二月十日から二等水兵となりました。そして、一月末まで他の人と一緒に訓練を受け、その間に予備学生になるための各種試験を受験しました。そして、一月末に予備学生の試験に受かりました。ここで同じ仲間のうち予備学生とそうでない者にふるい分けられたんですね。なので、同じ学徒でも予備学生になれなかった人もたくさんいるんですよ。同じ仲間が鹿児島や土浦に転属し、海兵団を離れる際に、落ちた者は帽振りで見送らなければならないんです。かたや二等水兵、かたや予備学生。予備学生に受かった者は一気に七階級特進しているわけです。それまで同じ仲間で、同じ飯を食ってた仲間を見送らなければならないわけです。試験に落ちて二等水兵のままで見送りですから、可哀想なことです。しかも、同じ大学だったりしたらなおさらでしょう。残酷ですね。

　こうして、晴れて予備学生になったんですが、しかし、飛行適正に落とされまして、あえなく飛行要務となったのです。飛行要務とは、人事を含む総務的な役割、例えば地上での飛行計画、記録の作成、情報管理などを行う役目です。飛行隊などでは書記的役割をする者がいません。なので、地上での飛行計画、記録の作成、日誌の作成などは全て搭乗員が行っていました。しかし、それでは大変であるということで設けられたのが飛行要務という役目です。飛行要務は飛行適正は落とされたけれども、飛行士と一緒に行動しなければならなかったのです。また、下士官・兵の人事関係の書類作成なども行っていました。

　そして飛行予備学生のうち、操縦・偵察は土浦航空隊、私達飛行要務は鹿児島航空隊へ転属となりました。鹿児島航空隊は大学出身の海軍予備学生と、大学予科と専門学校出身の予備生徒のうち、飛行要務の練習航空隊でした。海軍飛行予備学生十四期は総勢三三二三名と言われています。操縦・偵察が一九五八名、飛行要務が一三〇五名です。

　そして昭和十九年二月一日付で海軍予備学生になり、鹿児島航空隊で四ヶ月基礎教育を受けることになりました。鹿児島航空隊は飛行適正で落とされた者ばかりで八分隊あったんですね。そして、操縦・偵察で土浦航空隊にいった者の中で、さらに厳しい飛行適正検査が行われ、そこで落ちた者が鹿児島にやってくるわけです。なので途中から十二分隊に増えたんです。ただ一個分隊いうのは通常約二〇〇名ですが、それよりは一個分隊あたりの人数は少なかったと思いますが。ところが、この基礎教程の最中にも成績が悪いと突然罷免されることがありました。ある日、午前中の教練にいた仲間が午後には突然いなくなってるんですよ。兵舎に帰ると衣嚢から全てなくなってまして。罷免されたら二等水兵に逆戻りです、七階級降格ですよ。ただ、その連中は下士官になるスピードは速かったようですね。こうして二回ふるいにかけられるわけです。こうして残ったものが海軍飛行予備学生十四期、総勢三三二三名です。

その後、五月末に術科教程に進み、鹿屋航空隊に転属になりました。青島《チンタオ》航空隊に二〇〇名、大井航空隊に一八〇名など各地に行ったのに、自分だけ近場で少々がっかりしたのを覚えています、旅行できないなぁなんて（笑）。鹿屋には三十二人配属されました。鹿屋といえば、その後特攻隊の出撃基地となりますが、当時はまだ練習航空隊でした。鹿屋は中型攻撃機の航空隊の基地でした。一式陸上攻撃機、九六式陸上攻撃機などです。私は訓練の段階から終始中攻隊での勤務となりました。私より一期上の十三期飛行予備学生の搭乗員も訓練をしていましたが、よく、彼らの操縦する陸攻に乗せられましたよ。操縦が下手な奴がいてね。離発着訓練に一日で二十四回もつき合わされたこともありますよ。

しかし、わずか三ヶ月の違いと言えども、十三期は先輩ですからね。

十九年七月に、「本土最南端で、整備されている鹿屋は、練習航空隊にはもったいない」ということで私たちは航空隊ごと愛知県の豊橋航空隊に転属になりました。豊橋に移動するのに丸二日もかかりましたよ。ダイヤの間を縫って走るもんで、田舎の小さな駅で何時間も待たされたりしてね。

そして九月末に術科教程を終了、いよいよ配属先が決定するわけです。

――話はちょっと逸れますが、何冊か遺稿集をお持ち頂いてますが、それに関してはどう思われますか。

寺尾　ちなみに『ああ同期の桜』の場合は戦没した人の手記であって、生き残った人がどういう風な体験をしたとかとかではないんだ。

――そうですよね。生き残った方がどうなったかということに関する本がないんですよね。

寺尾　そしてこの『雲流れる果てに』は海軍飛行予備学生十三期が中心だね。モデルは、僕とは航空隊が違ったけど京大出の赤松信乗というフィリピンで大変苦労した人でね、まだ生きていて徳島県で住職をしています。それで戦後になって、出身の徳島県の鴨島町でロータリー・クラブのメンバーになって、貧しいフィリピンのために、毎年フィリピンに行って木を植えたり色々しているんだ。この本を書いたのは弟の光夫という人だから『兄たちの戦訓』なんだ。

それからこの『くちなしの花』も戦死した岩手県出身の人の記録で、日誌みたいなものです。これはあまり出回ってないですよ。早稲田出身で東洋大学教授の石垣貴千代さんが編集した『くちなしの花』のいいところは、東洋大学に留学に来ていたアメリカや中国の人が読んだ感想を日本語で書かせたことだね。石垣さんは素晴らしいことをやったと思うよ。感想を書かせたってこともすごいし、書いた学生も偉いね。この本ははじめ宅島徳光だったかな、松島航空隊で大型機を操縦していた人なんだけど殉職してしまうんだ。その人のことを非常に好きな女性がいて、その女性との交流も書いてあります。

一式陸攻で思いもよらずフィリピンへ

寺尾　とにかく、私は攻撃七〇二飛行隊に配属が決まりました。発表が九月の二十日でした。攻撃機は一式陸攻で、天山という艦上攻撃機というのもあったんだけど、七〇二飛行隊は、北海道の美幌なんですね。「そうか、おれは北海道に行くのか」思ってね、それで喜んでいたんだけど、飛行隊というのは、その上に航空隊があって、その下に飛行隊が複数にあります。攻撃機と戦闘機の飛行隊もあるし、攻撃機だけの飛行隊もある。そして飛行隊っていうのは作戦において自由に動けるというわけで、飛行隊に配属された人は作戦に行く前に、どこに動いているのかを見たり、確認したほうが良いぞと言われました。ところが、見てみたら、出るのが千葉県の香取だった。東京のすぐそばだったからがっかりしましたね。友人二人も千葉にいって。ここではじめて航空隊に着任したんだ。これがその攻撃七〇二飛行隊の飛行隊長は仲斉治大尉でした。兵学校の六十六期、和歌山県の人です。僕が一番後から着任してね、その前から哨戒飛行というとカムチャツカの近くまで行くわけ。そのなかに十三期の人が二人いて、もう一人十四期の人が僕より一月先に来ていてね、僕が四人目で最後だった。（中大尉は）僕の命の恩人ですよ。八日ほど香取にいたのかな、飛行隊が美幌から香取にきて、今度はどこに行くのかと思ったら木更津だったんだ。また木更津でも哨戒飛行をしていた。そのころ台湾沖航空戦がはじまってね、アメリカの機動部隊が来ているから僕らも台湾に行くように言われたんだ。ところが、うちの飛行隊は一式陸攻が六十機くらいいたんだけど、それを整備したりしてから移動するもんだから時間がかかってね、一番早く出て行ったのが十月十七日、五十三機が出て行ったんだ。陸攻が五十三機もざーっと出て行くのは、それはすごかった。魚雷やいろんなものを積んで、木更津を出て鹿屋で給油して台湾に行くということだったんだけど、僕の乗った陸攻がエンジントラブルで鹿屋に引き返しちゃって、後から台湾の高雄に着いたんだ。高雄に着いたらもう航空戦でね。すぐ隣に飛行機を作ったり修理したりする航空廠があったんだけど、その航空廠がめちゃくちゃにやられてね。滑走路も着陸できたのが不思議なくらいだった。それはいいんだけど、高雄に着いたら七〇二飛行隊がどこにもいないんだよ。あわてて指揮所にいって「攻撃七〇二はどこにいったのか?」と聞いたら「あれはもうクラークに行ったよ」と言われたもんだから、急いで向かったんだよ。思いもよらずフィリピンに行くことになって、大変な喜びだったね。

私がフィリピンに着いたのが十月二十二日だった。それで昼間は朝から航空攻撃で、行ったのがレイテ島だったんだ。ちょうど米軍が上陸したころで、その上陸の物資だとかを爆撃したり、船を雷撃するという両方の使命があった。クラークというのは飛行場の総称でなかに飛行場が十箇所くらいあるんだ。僕らの使っていた飛行場はクラーク中飛行場といってね、どういう飛行場かというと、日本が占領するまでは米軍の空の要塞と言われたB17・フライングフォートレスという四発機が使っていた飛行場だったんだ。その近くに米軍の士官宿舎が並んでいたんだが、それも頂戴して住んでいたんだ。一式陸攻というのは一機に七人乗るから一機やられると一度に七人死ぬんだ。足も遅いもんだからレイテの方に行くと上がってきた戦闘機にやられてしまう。それで昼間の攻撃はやめて夜やろうとなったんだけど、飛行隊が離陸するとフィリピン人や米兵のゲリラが情報を流して、帰ってくる時間を見計らって夜間戦闘機が待ち伏せしているんだ。着陸するときにはライトを点けなければならないから、そのライトを見て攻撃してくる。僕の目の前でもやられた。十月二十一日に攻撃を開始してから十一月の末まで、四十日の間に残った飛行機は、途中で補給があっても七、八機しかなかった。

――先生のお知り合いも亡くなられたんですか？

寺尾　それはもう予科練出の下士官はいっぱいいたんだけど、何百人も死んでいったね。そのころに海軍の編成が大きく変わって、大本営のほうでは八月初めに言っていたのだけど我々が実行するようになるのに十一月までかかった。どういうものだったかというと、基地航空隊の傘下に飛行隊があって、飛行隊は作戦に応じて、ある日東京にいた飛行隊が大阪に着いたら大阪の航空隊に入るということで機動性を持たせる制度の変更だった。

僕らの飛行隊は香取に着いたときはまだ美幌の七〇一航空隊の所属で、十一月の終わりになってやっとフィリピンの航空隊の所属になった。僕らの航空隊は北比空というクラークを中心とする北フィリピンの航空隊だった。そこに作戦航空隊として第七六三航空隊というのがあって、一式陸攻と三人乗りの銀河という攻撃機があった。僕らのほうは補給しても、いつまでも七〇二飛行隊だった。十二月の末になって米軍の機動部隊が北上を始めたんですね。しかしどこに上陸するのかが分からなかった。マニラ湾なのか、リンガエン湾なのか。リンガエン湾は昭和十七年のはじめに日本軍が上陸したところだったものだから、リンガエンに上陸する可能性が多いなという話をしているうちに、マニラ湾の前を通り過ぎてしまった。あるいは沖縄に行ってしまうのかとも思ったんだが、それもわからなかった。元日にはルソン島の南西にいたんだ。

僕らはその前の十二月二十五日にやっと予備学生から少尉になった。だから仲間では予備学生の身分のままで戦死している人がいっぱいいる。訓練中に殉職した人もいたけれど、戦争で戦死した人は全部少尉に任官した。僕らの中では一番早いのでは十月の二十五日に死んだんだ。九月の末に移動してから三週間か四週間で。それで海軍当局のけしからんのは、僕の仲のよかったやつで東京農大を出た柏木というのがいたんだ。彼なんかは皆と同じように十二月二十八日に任官されてるんだけど、本人は十月二十五日に戦死してるんだ。十月二十五日に戦死していながらずっと予備学生のままでね、戦死したらすぐに昇進とかするべきなのに放っておかれているんだ。僕がどこに行っても言っているのは、海軍のけしからんところはそこのところだ。僕たちは十二月二十五日に進級しましたけど、何のお祝いもなくてね、自分たちで細々と桜のマークを襟章にくっつけてね、それで飛行隊長のところへ「任官しました」って報告だけしてそれで終わり。

それでいよいよ米軍の機動部隊が北上を始めて上陸するだろうとなった。僕らの飛行機は使えるのがほんの僅かしかなかった。けれども健康な搭乗員はまだいたからね、戦闘機隊にも偵察隊にも攻撃隊にも少しずついたから、この連中を台湾からの攻撃に使うか沖縄に行くのかわからんけども、なんとかして台湾に救出しなければならなかった。ということでどこから行けば米軍の攻撃を受けずに台湾に行けるかとなったんだが、ルソン島の北部にカガヤン川という大きな川があってその渓谷にトゥゲガラオというところがあって、クラークでは米軍に制圧されてしまうからそこに行かなければならなくなった。一月八日の夕方に五五〇人の搭乗員がトゥゲガラオに出発したんだけど、本当は、最初はもっと手前のところに行く予定だった。でも結局そこも駄目なのでトゥゲガラオに決まったんです。そして僕たちは残って、米軍に抵抗するために山の麓で迎え撃とうとしていたんだけど、ろくに兵器もない。陣地の構築にかかって書類を持って山の間を往復したりしていた。ところが飛行隊長があと八人の搭乗員くらいは台湾に引き上げると言ってね。後になって聞いた話なんだけど中隊長が、「十四期の二人は台湾に帰してくれ」と航空隊の司令に言い置いて台湾に帰ったと、副長の田中さんから聞いたんです。一月二十二日の夜に米軍のキャンプの真上を通って帰ったんです。真夜中だったんで敵機にもつかまらず、弾一発飛んでこなかった。それで台湾に帰ったら、人員や機械の補給もある程度少しずつあったんだが、結局終戦になった。

――台湾で終戦を迎えられたんですか。先生のまわりで特攻隊はありましたか?

寺尾　一式陸攻、陸攻隊は(それ自体が体当たりする)特攻隊を編成しなかったんだ。ひとつわりと有名なのが、十四期の諏訪部孝という者が、ミンダナオに長くいたんですよ、はじめクラークにいて、その後ダバオに行ってね。その諏訪部がクラークに来る前に九州の出水航空隊にいたんです。

――ああ、じゃあ同じですね。

寺尾　諏訪部に聞くと詳しいんだけど、松山や豊橋の航空隊が出水基地から沖縄へ出撃していた。はじめ、航空隊は九六陸攻で特攻することになってたんだけど、こんな足の遅い飛行機で特攻だなんていうのはとんでもないということで、豊橋航空隊の飛行長だった人が主張したんだったと思うけど、結局どちらの飛行隊も特攻という扱いはしなくなった。普通攻撃ということでやるようになった。

戦死したと思われていた

寺尾　そういうわけで台湾の高雄で終戦を迎えたんです。八月三十日か九月の一日のどちらかはっきりしないんだけれども、中尉に進級したんだけど、電報が来ただけで他は何も無かった。

——賞状とかも無かったんですか？

寺尾　無かったですよ。終戦後ですから。

——それでは最後は中尉なのですね。

寺尾　うん。ポツダム宣言を受けてからなったから「ポツダム中尉」なんて呼ばれてね。（笑）それで高雄の航空隊で終戦になったわけなんだけど、最初は警戒をしてたんです。台湾人が日本人に対して反乱を起こしたりする可能性は無いわけではないからね。そして二番目は二ヶ月くらい経ってからやらなければならないのは、中国軍（国民党軍）に兵器とか技術を渡す、接収というやつだね。それから三番目が、日本に帰る準備。この三つが終戦からの我々の仕事でした。

——随分忙しいですね。

寺尾　中国の軍服はみんなアメリカに協力されていたからきちっとしていて、服装も同じ。だけども陸から来るやつらはどろどろで汚い兵隊ばかりでね、電気を見たのが初めてだなんていう兵隊もいたね。

　それでもっと南に東港という場所があって、ここは水上機の基地だったんだけど、そこの指揮官が兵隊から上がってきた叩き上げの人なんだ。この人が上にだれもいないもんだから、偉そうになってね。すっかりやりたい放題やってたね。東港のみんなから、「けしからん」という声が上がるようになって、指揮官を変更しろということになったんです。台湾に戻ってからは第七六五航空隊になっていて、飛行長に平田中佐という人がいたんですが、この平田中佐が東港の指揮官になるということになってね。ただ平田さんは東港なんて行ったことなかったものだから、使いやすい部下を連れて行ったほうが誰かに指示を出すときなんかは楽だし、自分が何から何までやるよりも良いからといって、僕ともう一人でついていったんです。東港に行ったら空襲もろくに受けてなくてすごいきれいだった。しかも僕らは指揮官付だから特別待遇してもらってね。

それでその後は警戒と接収をしていたんだけど、相手が中国人でしょ、だから接収から何から全部和綴じにして墨の字で書くんだよ。航空隊にあるもの全部をそういう格好で接収するからね、膨大な量になって天井くらいまで積み重なっていたね。僕は何もしないで各官に対して「やれやれ」って言ってたんです。（笑）

それが終わって、いつ迎えがくるのかと思ってたね。それで三月十五日に、リバティーという米軍の戦時大量生産型の船が高雄に入って、十六日に高雄を出て南のほうを回って帰ってきたんだ。三月二十三日だったと思うけど、広島の大竹に着いたら雪が降ってて寒かったんだよ。それからインフレでびっくりしたね。皆が食うに困ってて。それで蜜柑なんか盗んできたのかもしれないけど、大竹の岸のまわりで売ってるわけ。夏蜜柑と小さな蜜柑二つで十五円だと言うんだ。当時は上海あたりからタバコが入ってきたから五円とか六円だったんだけど、僕らが出て行ったとき、タバコは「光」が十一銭で「桜」は十五銭ぐらいだったんだ。

——すごい暴騰ですね。

寺尾 それで大竹から帰るときに広島を夜に通ったんだけど、広島は丸焼けでした。その時、大竹駅で東京の戦災を受けた地域の被災地図が出ていました。それを見ると、地図に線が書いてあって、そこの中は全部燃えてしまっている。僕の家はちょうど線上くらいにある。だから家が焼けているのか焼けていないのか全然わからなかったんだ。

——先生は下宿じゃなくて家だったのですか?

寺尾 そうです、学徒出陣したときから実家でした。だから、どうなるか分からなかったんですね。台湾にいる間も海軍省から電報などかくるよね。そうするとね、そこには東京の街とかの近況がある程度入っている。一番書かれているのは、最近の東京は泥棒とかが出てきて治安が非常に悪くなっているということだった。しかも、その泥棒が狙うのは復員兵だったんだ。軍から食料をもらったりして内地の人よりもいろいろなものを持っているからね。それを見て、僕も気をつけなくちゃと思ったよ。

それで僕の家は西武新宿線の中井ってとこでね、夜十一時半くらいに着いて駅からあたりを見ると周りは一面焼け野原で、家はどうなったかなと思って行ってみたら、ある程度過ぎた一角から焼け残っていて我が家は残っていたよ。それで僕の家は父親が死んでいるから母親と姉の二人だけでね、二人は僕がフィリピンに行っていたのを知っていたんだな。フィリピンに行った日本兵はほとんど皆死んでしまったからね。僕は戦死したと思っていたらしい。

――それじゃあとても驚かれたではないですか？

寺尾　そうだね、全然消息もわからないし真夜中に家に戻りすごいびっくりしていたよ。それでやれやれということで、こういう状況だったわけですよ。家に帰ったのは三月だったかな。

僕らは復員時に千円貰いました。下士官は五百円、兵隊は三百円。差が大きかった。千円ってのはかなり大金だったな。家に帰ってから一週間くらい温泉に行ったんだけど、まぁ、そのときはご馳走なんてなくて米まで自分で持って行かなくてはならない、寒いときは炭まで持って行かなくちゃならない。米と炭を持って行って、おかずだけ向こうで出してくれる。そういう状況だった。老神温泉だったかな。僕は持病はなかったけどフィリピン以来の病気を癒しに行った。

――戦後、大学に行かれたんですか?

寺尾　いや、昭和十八年の十月に学部の三年になってしまった。今と違って学部は三年間だからね。高等学院、いわゆる大学予科は、第一高等学院が三年間、第二高等学院が二年間でした。第一高等学院は中学四年で中学五年生のうちの四年修了をもって受験資格がありました。高等学校なんかもそうだったんだね。それで第二高等学院は中学五年修了でないと受験できなかった。だから第一高等学院の期間が三年だったんです。ですから、予科が二年か三年があって学部は三年だった。なので、私が帰ったときにはもう大学に籍はなかったんです。

高度成長を、エネルギーの現場から

寺尾　その時分は仮卒業という言葉を使ったけどね。それで昭和十九年の九月に早稲田大学を卒業していることになっているわけです。だから学部にいたのは実質的に一年と八ヶ月だったね。

――では、その後すぐ就職なされたんですか?

寺尾　だって、大学に戻れないしクラブもできないからね。それで親戚の闇会社みたいのに就職してね。そして、フィリピンのとき一緒だった宮井陣ノ助、彼は極東軍事裁判のとき、東郷茂徳外務大臣の弁護人助手を務めた人です。あの裁判はすべての被告にアメリカの弁護人と日本の弁護人がそれぞれ就いていた。東郷茂徳さんも鹿児島出身でした。その当時の外務省の中で、直系で東郷さんのすぐ下にいた人というのが西春彦さんという人でした。その西春彦さんという人は、戦後にソ連の大使などを務めた人です。それで、西さんが東郷さんの弁護人の日本人側の代表になったんです。その西さんの下に参事官クラスに、僕のいとこがいました。彼はマニラの参事官だとかバンコクの参事官を務めていました。彼もまた、東郷さんの弁護人の中にいて、その時、彼が仕事を手伝ってくれる若い学生を探していて、僕と一緒だった東大の宮井君が候補に推薦されそこに就職しました。

そうこうしているうちに極東軍事裁判が終わってしまい、西さんはシェル石油の人事部の部長に就きました。シェル石油は英蘭系のメジャーでした。戦前の日本と交易をしていたんだけど、戦後にシェル石油が復活するときに西さんも入ったんだ。その時、誰か若い人が必要だということで宮井もシェル石油に入りました。僕はその時分、雑誌の編集をしていたんだが、僕は宮井さんと西さんをくっつけてた人だったし、ちゃんとした会社に入ったほうがいいということで、今度は僕がシェルに入るということで、昭和二十五年に入った。宮井が入ったのは二十三年。石油会社っていうのは、そのとき石油配給公団ていう戦時中に作られた公団に統制されていて、戦後も石油は配給制だったんだよ。ガソリンだとか石油製品はね。

昭和二十四年三月まで配給制が続いて、二十四年三月に民間に移行された。それでもガソリンなどは配給券をもらわねばならなかった。自由化になったのは二十七年だった。けど、潤滑油にいたってはもう一年先まで切符制だった。

それで、僕は名古屋の営業所にいたんですけど、特約店というのがあって、そこが人を集めて私のところにこれだけ品物を出してくださいと言う、そこで出品の仕事をやっていました。私が会社に入ってから三年は配給制だったので、その上に胡坐をかいて遊びのような仕事をやっていたんですが（笑）。

——でも、最後までそこの会社をお勤めされたんですよね？

寺尾　ええ。普通の会社は定年が五十五歳だったんですけど、シェルは初めから六十歳定年でね。外資だからというせいもあって色々とすごいんだ。月給は確かにほかと比べて高かったけど、特に会社に入ったときにはすごかったね。二十八年だか二十九年には給料が早くも銀行振り込みになった。地方の支店はそうはいかなかったけれど、そのころから土曜休みがはじまった。そういう点で外資っていうのはいいなと思ったね。

同じ外資でもアメリカのカルテックスの合弁会社の日本石油とかはそうはいかない。

やっぱりイギリスだから自由だったのかもしれないね。オランダの担当する部分は石油探査や掘削といったいわゆる技術職のほうで、ロンドンは営業とか販売のほうだった。そういう点でシェルはアメリカとの会社とは違っていたね。

——戦後、海軍の横のつながりっていうのはずっとお持ちになっていたのですか？

寺尾　戦後すぐはそんなことはできませんでしたね。第一みんなどうやって食っていくかというほうが大変だったからね。僕が十四期会というのを指揮したり、接触したのはずっと後になってからですね。昭和四十七か八年くらい。二十年くらい接触はなかった。それで、『ああ同期の桜』がでたのが昭和四十一年。四十一年に出て、僕はあのころ読んでなかったかな。だけどそれが五十万部くらい売れたし、新国劇でもずっと上演されて映画にもなった。ということでとてもお金が入った。最初に出版したのは毎日新聞でお金が入ったと思うんだけど、われわれにも入った。そこで、昭和四十二年に高野山の大円院の住職、藤田光憧という人が大円院に「『あぁ同期の桜』の塔をつくりたい」といういうことになった。今も高野山の奥の院の一の橋というところに塔が立っている。敷地は幸運にも大円院が持っていた土地でね。そこに立てさせてもらっている。だから土地代は一切払ってない。

毎年九月に行けばいい。九月十二、十三日に慰霊を行っているからね。

《五人目の証言》 **柳井和臣（慶應義塾大学）** 元神風特別攻撃隊第六筑波隊

大学予科の時にいまから考えると、
軍事教練がある班なんです。
それで習志野かなんかに
一週間ぐらい行くわけです。
イヤだったです、そういうの。
あれで陸軍嫌いになった。
海の上で匍匐前進やりませんからね（笑）

青春を謳歌した大学予科時代

――ご出身はどちらですか。

柳井　僕の出身は山口なんです。小郡と萩の間の中間に絵堂というところがありまして、そこで生まれました。従って、中学校に行くと萩中に行くか、山口中に行くわけですが兄が慶應に行っておりましたので、親が「もう東京出ろ」と言って六年の二月に東京に出ました。

だから受験勉強なんか全然してないですね。そして芝公園の近くにあった正則中学に入りました。そこで五年を過ごし、慶應の予科へ。このように生まれは山口でしたが、中学校時代には東京だった。だから二・二六事件なんかは知っているわけなんですね。昭和十一年で僕は二年かな。鮮明に覚えています。

そして、慶應の予科に入るんですが、時代的に支那事変などがあり、戦時下にありましたが予科時代が一番良かった。学部へ行って、三田になってからは世の中も変わり物も不足して、全部軍国主義でしたから。いつ軍隊に行くのか。という感じですね。予科時代は日吉にあったので、東横線で渋谷へ出て遊んだりしたものです。幾分かの青春を謳歌しました。

ちなみに、僕は海軍は全面的に好きじゃないんです。ですが、僕たち十四期は海兵団に二カ月入った。準備ができてなかったんです。十三期を大量に採用をしてしまっていたので、受け入れができなかった。では仕方ないから海兵団に行けということになったと思っています。だから僕たちは本当の二等水兵になり最低の二カ月経験しました。「お前ら、兵隊根性が全くない」と言って蹴りを入れられましたので十四期はそういう恨みがありましたね。

——学部生になる直前に日米の開戦があった。

柳井　日米開戦は昭和十六年でしたので予科の時でしたね。日米開戦のニュースを聞いたのは東中野でした。面倒をみてくれていた姉夫婦と一緒に、久が原から東中野の方へ移った頃だったと記憶しています。戦争に突入したとラジオで聞きた時は「やった！」という気持ちでしたね。あの頃は国民をあげて、米兵撃つべしとなっていましたから。マスコミや軍の誘導など関係なく、純粋な国民感情でした。

予科時代に、早稲田の出身の中野正剛っていう有名な政治家の雄弁会が日比谷公会堂あったんです。その中で「栄えある早稲田に入ったからには官僚になるのはやめなさい」と言ったのを覚えています。中野正剛は爆弾かなにかで足を悪くしたと聞きました。それで足を切断をしていて余計に受けるわけです。彼の話で特に記憶あるのは、浅間丸という貨客船の話です。アメリカからの引き揚げ者を乗せて帰国している最中に、房総沖で英国の巡洋艦に臨検受けたんです。日本の領海圏の目と鼻と先で。それなのに日本海軍の航空隊が全く手を出さず、やられたという事件です。中野正剛は演説の中でその事件を取り上げて、だらしがないと言ったんですね。そこで、会場にいた人たちからワーッと声が上がった。このように、当時国民は、英米兵撃つべしという感情を持っていたという記憶がありますね。

——予科の学生生活はいかがでしたか。

柳井　兄が慶應に九年ほどいたんです。萩中を卒業して一高へ入ろうと思って一年時、二年時と一高へトライしたんですが、結局ダメだった。つまり、腰掛けに慶應の文学部へ入っていたわけですね。それで、今度は応援団の方へ熱を入れて応援団長になった。慶應では有名人でした。こんな話もあります。僕はフランス語があまり得意ではなかったんですが、試験時に教授が回ってきて、「おい。お前の兄貴もあんまり勉強しなかったようだけど、お前もしてないな」っていうことをソッと言うんです。予科時代は幼稚舎から来た者と、中学校を卒業して試験で入った者とでは一・二年は馴染まない。片一方はずっと何年間も慶應にいて慶應色になっているから。ですが、僕は兄がいたので大丈夫でした。親や兄弟が慶應の出身だとか、そういうことも重要なんです。

また、本気ではやっていませんでしたが、空手部で試合もしていました。他にも、予科時代はまだ物がある程度ありましたので、例えば昼何を食べるか選んだりもできました。二つ選択肢があったんですが、安いものだと、今で言えばコーヒーショップみたいなところでホットドッグを食べるとか。もう一つは赤い屋根です。慶應には赤い屋根のレストランがあって、そこで洋食っぽいランチを食べる。「今日はどっちにするか」とみんなで話していましたね。授業も教授もずっと同じなので、中学校の延長のようでした。だからサボることは全員なかったと思う。出席もやかましかったし、成績をよくするためにマージャンなどの遊びはしませんでした。ただ、先ほども言いましたが、中野正剛とか政治活動的なものは興味がありました。法学部の政治学科だったので、話を聞きに行くようなことは多かった。あとは漢詩が好きでしたね。当時は陽明学とか、少し右寄りの傾向はあったと思います。

それと大日本製糖で勤められて、後に外務大臣もされた藤山愛一郎さんが政治科の先輩なんですが、彼が来て話をするということもありました。その時に、藤山さんが「とにかく読書の癖をつけろ」と言っていたのを覚えています。あの頃は『世界』など、本や雑誌も非常にありました。そういうのをよく読んでいないと、卒業して実社会へ出て行くと本も読めないし、新聞も読めないようになるから、と。特に読書の勧めっていうことを非常にしていました。

他にも、伊藤正徳という軍事学の先生がいたんですが、元海軍記者なので、海軍の話が得意で、これがまた面白い。その影響もあって、僕は海軍びいきなんです。ワシントン条約の五・五・三という戦艦の比率を「屈辱の五・五・三」だと言っていました。それから、艦隊決戦の時に航空時代が来るようなことも言っていた記憶があります。

そういう点で、授業も面白いし、中学の延長だから慣れているし、まだ物はあったこともあり、本当に窮屈ではありませんでした。

――この頃、将来どういう職業に就きたいとお考えでしたか。

柳井 実業界に入ろうと思っていました。慶應だと実業界へ出るっていうことが多かったこともあります。

今の学生はどうか知りません。あの頃はやっぱり年功序列と終身雇用がありましたので。だから、二十三か二十四で入って、約三十年間、五十五が定年。その間は心配はいりませんし、給料もグーッと上がり、退職金もくれますからね。そういう高度成長などを抜きにしても、しっかり大企業がそれを守ってくれた時代だったんです。中小企業に入ろうというのはクラスの中で一人もいなかったと思います。自分のうちが中小企業で、家業を継ぐという者はいましたが、かわいそうだと思っていました。それは気の毒だというぐらいです。慶應はそういうのが多いんです。お父さんが何をしていたとか。幼稚舎から来ていた人は、特に多いでしょう。

――学部時代ではどういったことをされていたんですか。

柳井　当時は、麻布本村町で慶應のすぐ裏手。そこに住んでいました。その家の近くに永淵三郎っていう作家の豪勢な家がありまして、その息子さんが僕が慶應空手部ということを聞いて、空手を教えてくれって言うんです。じゃあ教えようっていうことで、永淵さんの家で教え、ご家族にもよくしてもらいました。その永淵さんは、いわゆる満州航空にいたんです。終戦前は南方の司政長官もされていました。それは素晴らしい方で、僕は非常に薫陶を受けたわけです。そういうこともあって、海軍に入った後も、筑波から帰ると必ずお伺いをしていました。

海軍への入隊、海軍の教育

――それで昭和十八年（一九三四）十月に学徒出陣。その前に九月に徴兵の猶予の停止になりますけれども、そのニュースを聞いた時は、どう感じましたか。

柳井　これはよく皆さま方は「ペンを銃に変えた」と言われますが、僕たちは延期の恩恵に浴していたんです。だから来るものが来たと思いましたね。むしろ、自分たちの弟が先に軍隊に入っているんですよ。兄貴として当然だという気持ちでした。やらなきゃいかんっていう感じでしたね。

――九月に延長の停止が来て、海軍に十二月に入隊されたんですか。

柳井　はい。僕は海軍に入隊するということで、徴兵検査が十月の終わりか十一月の初めにありました。それですぐに山口に帰りました。そして、十二月に入ることが決まり、海軍へ入ったという流れです。

親戚に気象台の責任者で少将をしていた海軍の者がいたんです。その者に「海軍へ入りたいが、どうすればいいか」と色々と教わりました。その結果、とにかく熱意の問題だっていうことになり、徴兵検査の時に海軍行くんだ強く思って志願しましたね。「なんでだ」「飛行機に乗っていきたい。ぜひお願いします」と言って、熱望すると伝えました。それが通じたんだと思います。九対一ぐらいの比率で海軍は非常に少ないうえに、慶應は特に海軍を希望する者が多くいましたので。僕は運よく海軍に行けたということです。

そして、海軍に入ることが決まり、家の近くにある大竹海兵団に十二月十日の何時までに来いっていう感じで伝えられました。同級生と会ったのは十月の時が最後でした。

――十二月に大竹海兵団に入った時の生活というのはどうでしたか。

柳井　海兵団に入る前の晩には柳井のお坊ちゃんが海軍に入ると、町の人たちが飲みに来て激励するわけです。家は造り酒屋やっていたから、酒がきれることがない。みんな「元気でいってらっしゃい」と言うから「はい」と受けていたら、前後不覚になりぶっ倒れちゃいました。そして、次の日の朝、木炭車のバスで小郡に出なくてはいけないんです。そこで、みんなに万歳で送ってもらいました。村の人の歓呼の声で送ってもらったんです。だから、家紋を汚しちゃいかんっていう思いは強かったですね。柳井家の恥さらしになってはいけないと。それから慶應は坊ちゃん学校で軟弱だって言われたりもしました。そんなこともあり、少なくとも各大学の学生が大勢いる中で、弱音を吐いちゃいけない、負けちゃいけないっていう感情は精神的な支えになったと思います。

隊内では、一番下の二等水兵だから歩いてぶつかる全員に敬礼しなきゃならないんです。だからいつも駆け足でした。それと、風呂が大変でした。訓練もありますし、炊事当番、トイレ掃除、あらゆるものを全部やるので疲れるんです。なのに、風呂で一休みしようという時に、裸足で行かなくてはいけなかった。当時は十二月ですので、せっかくあったまっても冷えるんですよ。海軍は悪いやつが多くいて、靴を盗んでたらい回しにするわけですね。洗濯も、作業着でも必ず盗まれるとか、そういう状態だった。要するに泥棒がいる。恐れ多くも陛下からもらった官給品を盗まれたら大変なことですから、裸足で風呂に行くんです。それから、湯船につかる時は、手を上げておけと言われていました。なぜかと訊いたら「中で掻いて、垢を浮かしたら、次の者が困るから。」と言われました。体をこすっちゃいかん、というわけです。そんな状態で、どうにか温まって、裸足で帰る。暖房もない時ですから大変でした。

その他にも、翌年の一月の末までの間に予備学生の試験がある。だから試験が非常に多くあり、適性検査も受けました。なので、勉強に集中していたので非常に緊張していました。特に、次の試験に入らないと、このまま二等水兵でいたら大変だという思いがありました。だから海軍に入った一万八〇〇〇人の内、一万一〇〇〇人までが予備士官になった。残りは結局落ちたと思いますが。悲惨だったらしいです、落ちた者は。徹底的にいじめられたと聞きました。

——休みの時とかはどう過ごしていましたか。

柳井　休みはほとんどない。一月十六日に僕の祖母が九十歳で亡くなったと連絡があったんです。だから、二等水兵だけど久しぶりに帰れるなと思いました。それで、教員に祖母の死を知らせる電報を見せた。ですが、帰れませんでした。一親等でなければだめなんです。休みと言えば、夜はハンモックを吊るして寝るんです。ハンモックは砲弾よけに使ったりもするものでたから、しまい方や、吊り方が厳しかった。一種の防衛武器ですからね。

で、夜になると「巡検！」と言って回ってくるわけです。ハンモックの吊り方がいい加減にホック掛けていると、頭の方から外すんです。すると、頭から落ちる。それの巡検が来ると、ドーンドーンと落ちる音がするわけです。自分のところを通過して、やれ助かったと安心して眠る。そういうことはありましたが、イジメのようなものは、いずれ士官になるのでそれほどはなかったと思います。根性注入棒で、尻を叩かれることはありましたが」

間近で見た石丸進一のボール

辛く厳しい訓練、教員や先輩たちからの教育。休みがほとんどない航空基地での暮らしの中で楽しかったことはなんであろうか。疑問に思って尋ねると、意外な言葉が返ってきた。なんと「航空基地内で行われた野球大会」だと言うのである。

柳井　辛かった日々は過ぎまして、幸いにして僕は航空隊に行くことになりました。だから、一万八〇〇〇人の中の三三〇〇人に入れたんです。だから、二月一日から土浦にいました。今度は准士官ですね。その時は「やった！」という感じでした。階級制の社会ですから嬉しかったです。服装も違いますし、短剣もくれます。帽子をかぶって鏡を見たりしましたね。

――土浦では、どんな訓練をされたんですか。

柳井 飛行機の中のこと、操縦や偵察です。それで適さない人は、要務などにまわされました。水上機に一部まわった者もいますね。土浦の一番は、いわゆる座学といいますか、これは非常に充実していました。それをしっかり頭にたたき込まなくてはいけません。まず、モールス信号のトンツーから始まる。また、航空気象学とか、航空力学とかなんとかいうのは全部やりました。それから、適性検査もありました。

ですが、ちょっと不思議なこともありました。最終的に操縦とか飛行機要務とか偵察に分ける際に、人相を見てもらうんです。人の顔ジーッと見て「はい、次」とやるんです。要するに死相が出ているとかいうのを見ているんですね。「こいつは長くないな」というのを見ていると言っていました。占い師が最後の進路を決めるんですからね。

――この時にもう飛行機に乗ったんですか。

柳井 飛行機は乗りません。基礎訓練だけです。そして、操縦行くのか、偵察に行くのか、要務に行くのか分かれました。操縦に行けたのは、三三〇〇人の中の三分の一、一一〇〇人だけでした。それから、同じ操縦でも陸上か、水上かなどにも全部分かれる。水上は偵察が多く、艦砲射撃の弾着を見るんです。弾着観測ですね。だから、操縦が難しい。フロートの分だけ空気抵抗があるわけですからね。

――土浦を出て、いよいよその後、筑波海軍航空隊に移ったんですか。

柳井　いえ、九州の出水に行きました。鹿児島県です。そこで赤とんぼに乗りました。教官が兵隊帰りの士官でした。赤とんぼは複座で前と後ろに席があるということですね。僕たちは前へ乗って、後ろに教官が乗る。伝声管といって、会話をするための管があるんですが、先が金具になっていてる。お粗末なことをすると、それでバコーンと後ろから叩くんです。操縦している時でも。初めて上空で、「いーか。しっかりつかまってろよ」と言われて、つかまっていると、垂直旋回をされました。それに耐えてウウっとなっていると、今度は「ええか。今度は背面でぶら下がるぞ」とひっくり返るんです。天地がひっくり返る。そういうことを教官が最初にするわけです。飛行機というのはそういうものだと言って。だから、これは大変だと思った。大変なところに来たな、と思いました。

だけど、なんだか誰も文句言いません。それから色々と訓練をして、初めは離着陸単独とかいうようなことからやって、最終的に四カ月経ったら赤とんぼで自由に飛んでいました。宙返りもやるし、背面飛行も、洋上航法も。天草の沖に出て帰って来たりもしました。そういったことをマスターしましたね。その間に戦闘機で艦上爆撃の訓練もしました。艦爆・艦攻です。陸上の爆撃もやりました。それぞれ同じ操縦でも、機種が分かれるんです。

他にも、操縦を頑張って偵察要員になるのもいましたね。

海軍生活では赤とんぼ、出水時代が一番良かったです。六月から九月でしたから、少し暑かったですが、気候もよかった。位的にはもう准士官待遇でしたから、みんな楽しくやっていましたね。

僕は特に強く残っている思い出があるんです。一つは両親と妹たちが面会に来てくれたこと。もう一つは、八月頃に懇親野球大会をやったことです。我々教わっている学生と、それから教えている教官・教員、それから整備の人など軟式野球をやりました。僕のチームは、ピッチャーが元中日ドラゴンズの投手で日本大学出身の石丸進一君でした。キャッチャーは早稲田の近藤清君。ショートは立教の奥田君、ライトは慶應の矢野君とか、全員が六大学生です。僕たちは応援団をやりました。敵のチームは野球があんまり得意じゃなかった。とにかく石丸の球はバットに当たらないんです。もうワンサイドゲームでしたね。ほとんど話にならない。石丸投手が上官に絶対打たせないって話をその時にしていました。もうちょっとゆるい球を投げろと言われても「僕は野球が好きだから」と言って意地でも打たせない。それで相手は完敗したわけです。それから、待遇が全部変わった。予備学生とかなんとか言って、最初は舐められていたんです。特に教わる方でしたから。だけど、勝ってからは「あいつらやっぱりすごいな」ということになり態度が全然変わりました。

それから、キャッチャーをしていた近藤君ですが、彼は二分隊で僕と一緒でした。そして、僕は彼と非常に親しくしていました。分隊のひとりが着陸をお粗末したり、時に飛行機を壊したりなんかすると飛行場を一周走ることになるんです。それを夜中にやるんですね。総員起こし!で起こされて。それで、その日も誰かがお粗末をして、夜中に起こされた。隊の編成が八十人くらいなんですが、みんな「あいつは、なんでお粗末してんだよ」と言うわけですよ。でも、仕方ない。一周は一里、四キロもあるんです。夏に飛行服を着て走るんですからね。「くそったれ」なんて言いたくもなるわけです。そんな時に、近藤君が「なんとかって言ってもやらなきゃいかんのだからやろう、みんなやろう」とみんなに声をかけた。彼はそういう点で非常に大人でした。そして、いい男だった。

もう一つ、記憶があることがあります。いよいよ機種が決まりかけた頃、八月の時に、ちょうど昼休時にブーンって一機飛行機が来たんです。ちょっと日本離れした、海軍の新兵器だった爆撃機の彗星でした。「おお、すごいのあった!」とみんなで飛行場で見ていると、通り過ぎたと思ったら今度は戻ってくる。低空飛行でグーっと。その時もすごいとみんなが感心していたら、また通り過ぎて帰って来る。今度は背面飛行で。飛行場すれすれで低空で背面飛行をやったんです。みんなして「すっごいな!」と言い合いました。実戦機のすごさっていうのを見たんです。それをすごく覚えています。ですが、出水の司令官は、けしからんと怒っているわけです。背面飛行で低空飛行は禁止されていましたからね。少しでも失敗したら激突でしょ。それで早速、大分航かどっかの航空部隊に電話したら、予科練生だったそうです。あとで怒られたっていう話も聞きました。

――ここで配属が決まったのでしょうか。

柳井　はい、戦闘機に決まりました。戦闘機の配属された基地は四カ所ありました。筑波、元山、大村、谷田部です。戦闘機に乗れたのは、選ばれた一一〇〇人の中の四四〇人だけでした。その中で筑波へは一二〇人が選ばれました。戦闘機を希望していたので、教えた先生によく戦闘機にしてくれと言っていました。そして、できたら東京近いから筑波にしてくれとも言っていましたね。教員に昼食をごちそうしてゴマをすってね（笑）。その教員は戦闘機出身で予科練の十一期で、終戦後も親しくしていました。今はもう亡くなっていますが。

初めての零戦

――そしていよいよ筑波で戦闘訓練をされた。

柳井　当時の話では、「鬼の筑波か地獄の谷田部か」、と言われていました。とにかく戦闘機隊は荒いっていう噂が立っていいので、覚悟していました。その時も、夜に着くと、とにかく全員整列と言われぶん殴られました。修正と言って。海軍は殴ることを修正と言ったんです。海兵の七十三期の者が殴りました。七十三期というと、三つぐらい年が下なんです。殴られた理由と言うのが、汽車で移動している最中に、駅で家族と面会した者がいたからということでした。そういった面会は海軍では基本的に禁止されているんです。で、それがバレた。そして、「たるんでる」ということで、一拳入れられたわけですね。とにかく理由なくしてぶん殴られたということで、僕は海兵に対して反感っていうか、基本的には僕は兵学校出の人とはあんまり付き合わない。中には根っから海軍好きもいます。ですが、僕はどうもそういうやつの会合は嫌いなんです。同じ十四期の京都の裏千家の千宗玄君なんかも、「大体嫌いなんだよ、そういうの」と言う。だから彼は高野山で十四期だけで慰霊祭をやっているわけなんです。それはもう立派な供養塔がお建ちになった。やっぱりそこが陸軍でいえば陸士、そういうプロフェッショナルできた人たちと、そうじゃない方との差なんでしょう。

――初めて実戦の戦闘機に乗った時はどうでしたか。

柳井　その頃、ちょうど筑波は滑走路修繕中で、結局、青森県の三沢基地に行ったんです。そこで初めて零戦に乗せてもらいました。最初は教官が後ろ乗って、僕が前に乗る形で。

赤とんぼである程度修得していましたが、まずスピードが違いました。あらゆるものが全部違った。赤とんぼっていうのは車輪が出っぱなしですが、零戦は車輪は引っ込むでしょ。それからフラップというのがあるんです。それから、風防の席を下げたりする。そういったものが、みんな違うわけです。飛び立つ時はどうだとか、そういう操作が特別にあったり。それから、計器の数が違いますから、そういうのをずっと見なくてはいけませんでした。だから、車輪を出して、それからフラップを出して、エンジンカバーを動かし、エンジン絞る。でも、エンジンが冷えすぎになってしまったりする。そういうようなものを全てやらなくてはいけなかった。だから、そういう訓練を何回もやるわけです。それから着陸する時には、大体七十か八十ワットぐらいのスピードで降りる。赤とんぼだと五十ぐらいですね。揚力が全然違うわけです。だから、ずっと練習する。そうすると飛行機の沈む具体や、回転の具合が分かるんです。

後日談ですが、例えば筑波から東京は、今は一時間くらいですが、当時は二時間以上かかりました。片一方側の線路を見て、それで枕木が一本一本見えるように見続けました。川上哲治選手が、ボールが止まっていたって言っていたでしょう。そういう訓練を自主的にしていました。動体視力を鍛えるんです。また、飛行場で滑走路の流れるのを見るんです。ものすごいスピードのものを。そういう色々なことを自分なりにやったわけです。

それから、七メーターの時に、エンジンを絞り気味して同時に操縦桿をグッと上げる。要するに降りていって、三点着陸をするんですね。海軍は艦載機ですから、いずれ空母に乗るので練習をしました。陸軍の場合は、陸地が広いから、ずっとエンジンを吹かしていて大丈夫なんです。今の日本の旅客機と同じで。海軍なんかはふらふらの状態から止まる必要がありました。そういう実戦訓練をみんな夜中にやりました。零戦は脚が弱いので、少しでもお粗末なことをすると、脚がギュッとなってしまう。胴体も回転方向に引っ張られる。片方に重が掛かるりカックーンと脚が折れる。そういう点からしても、零戦と赤とんぼとは全然違う。上空に上がったら、それも今度は違いがあります。編隊飛行もありますし。それから機銃掃射もあるし。空戦での訓練も全部やりますから。特攻隊の場合は突っ込む訓練をやりました。

――筑波の後はどちらにいらしたいんですか。

柳井　三沢です。三沢の記憶は二つあります。一つは、すき焼きです。みんなですき焼きでも食べるかって店に行ったら、牛がなくて「馬すき」なんです。砂糖がないから、甘みがない。なので、航空糧食のヌガーみたいなやつがあったので、そいつを中に入れると甘みが出るんです。それでウマすきを食べた記憶があります。

それから、もう一つは寒さです。三沢は本当に北の国だという感じでしたね。冬になると、風呂に入って自分の宿舎に帰る時に、タオルを振るとピーン！と凍るんです。無論、宿舎は二重ガラスです。それでも同様に朝の大体五時頃起きて、みんなで準備だけする時が寒いんです。その寒さが堪えました。結局もう訓練はできないということで霞ヶ浦に帰りました。

霞ヶ浦には訓練用のゼロ戦がなかったんです。で、赤とんぼに乗れというわけです。もう、みんなブースカ言いましたね。「なにを、ふざけんな」ということで。でも新しい飛行機がありました。それが「銀河」なんです。それが十機ぐらいありましたか。それで触ってみて、なるほどガッチリしてるなと思いました。米英をこれに乗ってやっつけると。意気軒昂でした、海軍の新鋭機・銀河で。これなら大丈夫だと思っていたのに、サイパン着いたらすぐ空襲あって、全機ダメになったんですけどね。

そうしているうちに、十二月の初めか中旬頃に、筑波に滑走路ができたということで帰りました。それで帰った後、十二月の下旬に今度は少尉に任官しました。ようやく少尉になったと思いましたね。給料も、もらえるし。それから食事がフランス料理でした。フランス料理といっても、今で言う洋食ですが。だからいわゆる普通のどんぶりものみたいな感じですね。僕の記憶が間違ってるかも分かりませんけど、カレーライスって今盛んに言われていますが、カレーライスを食べた記憶はあんまりないんです。ああいう一皿に必ずライスとルーがあるというのは。それと夜はフランス映画を見せてくれました。だから大体七時頃になってくると、みんな映画を鑑賞できるわけ。少尉になると従兵が食事は全部持ってきてくれるし。完全に士官待遇を受けました。だから満足でしたね。一般じゃ食べれないものをちゃんと食べさせてくれるから。それから従兵が全部やってくれるって。同じペーペーの少尉でもね。

それで給料もらえると。これも記憶は定かじゃないが、だいたい八十円か九十円くらいのものだったと思います。すると、金が余るわけです。使い道がないから。当時の大学っていうのはある程度家庭的に裕福な家庭が多いですからね。だから、うちに仕送りしていたのは、僕の知っている限りで石丸君くらいですかね。だから、外出した時に使うわけ。貯金したってどうせ死ぬんだからっていうのでしないんです。

それから甘いものも持っている。だから水戸へ行ってモテるわけです。東京に出ても、一流のレストラン、ホテル以外に士官は行きません。汽車も最低二等になる。そういう特殊な優遇がありました。だから、筑波の少尉に任官した昭和十九年十二月の終わりから、翌年二十年の二月二十日に特攻隊編成する間は割合良かったですね。ただ戦局は非常に急速に悪化していました。そういう戦局の話っていうのは入ってきますし。

——そういう情報聞いて、どう思いましたか。

柳井　勝てないなという感じは持ってました。だけど、負けはしないと思っていました。宿舎でもみんな自由に話していました。筑波の一二〇人は血盟の士ですから。だからそういう点で安心して話せたんでです。だから筑波時代は楽しかった。ただ、二十年の二月二十日に特攻隊編成でしたから、その前に十六日にアメリカの艦載機が来たんです。その迎撃をした七十二期の海兵の十人近く、それから古い予科練の人たちが全部飛び立って、全機未帰還になった。グラマンは筑波を空襲してきまして、僕たちは山というか林に逃げました。向こうのグラマンのパイロットがグーッと低空で飛んで来て、今でも覚えているけど、青いマフラーしたやつがずっと顔見ながら縦横無尽に暴れて帰った。あとで聞いて、教官がみんな帰って来なかったということで、「これはもうかなわないな」という感じになりました。それが二月の十六、十七と二日ありました。関東全域が叩かれた。十七日から十八日になって天候が激変して、それで空襲は終わりました。そして、硫黄島に行ったんじゃないかと思っています。それで教官が全部亡くなり、四日経った二月の二十日に特攻隊編成がありました。希望参加しないかと言われて、恐らく全員「希望」を出した。僕も出しました。

特攻隊員としての記憶

――その時に特攻隊というものがあるっていうことは、もう事前にご存じだったんですか。

柳井　その前の筑波が十九年の十月でしょ。十月にはレイテで始まっていますからね。零戦の特攻の噂はずっと入っていました。結局、一二〇人の内から五十名を選ぶという話だったんです。グラマンは強い、零戦で対抗できないという噂は立っていました。そして、みんな敢然として迎撃に上がっていったら、全部落とされた。そういうことで、自分の師匠がかなわないのに弟子の自分たちが零戦行って何の役に立つかといったら、特攻隊だとなっていました。気持ち的に受け入れる気持ちが、もう醸し出されていた。だから、全員希望を出しましたね。

特攻隊員になるには条件が三つあったんです。ひとつはある程度操縦が上手であること。二番目は結婚してない、妻子がいないということ。中には妻子がいた者もいましたけどね。三番目が長男でないこと。これが選別の基準になるんじゃないかって、噂になっていました。また、僕もそうだろうと思いました。僕は間違いなく選ばれると思っていました。

それから僕の一番親しい吉田君は、一高、東大を出ていたんですが、彼も「僕はもう間違いないな」と言っていました。だから、そういう点では受け入れ体制はみんなある程度できた。それで発表の翌日に五十人が選ばれた。もちろん僕は入っているわけです。それから今度は五十人が特別待遇で、特別な宿舎に入って、特別な訓練を受けるということになりました。だから、その間はもう気持ち的には全て受け入れる気持ちでした。他の者もそうだったと思うね。爆弾積んで死ぬんだから。だけど、「やったる」という形のものはあったと思います。

まずは、特攻訓練を筑波で訓練しました。例えば零戦で突っ込むっていうような爆撃です。爆弾積んでグーっと突っ込む訓練とかですね。それから、例えば洋上航法です。海の上を飛んで行くものです。そういういろいろな各課目がありまして毎日が訓練でした。だから、特攻隊の訓練としては十分教育を受けたと思います」

――ある意味、死ぬための訓練ですね。

柳井　死ぬっていうより、敵をやっつけるためですね。空母に激突するための訓練ということです。

――零戦に爆弾を積んだら、離陸ひとつだって違いますよね。

柳井　そう点では戦闘機としての訓練は不十分でした。ですが、その戦闘機に爆弾を積んで特攻をする訓練は、ある程度十分みんな訓練を受けました。

だからある程度自信を持って行ける。ただ一つ、やっぱり人間ですから船にぶつかる瞬間は恐怖で目をつぶるっていうんです。目をつぶると操縦桿必ずちょっと引くんじゃないですか。そうするとドーっと上へ行ってしまい当たらないわけです。だから、「本当にぶつかるまでよく見ろよ」ということを教官が言っていました。

訓練の時に高度を五〇〇から引き起こせと。五〇〇で引き起こすと三〇〇、二〇〇ぐらいまで落ちてくるんです。だから五〇〇になったら必ず引き起こせ。五〇〇になってちょうど船を見る感じ。それまで目を離すなと言うんです。そういう訓練を非常にやりました。だからある程度の自信を持っている。だけど、途中で戦闘機に落とされる。それに対して、こちらは機銃を積んでおりませんから、これはもうどうしようもない。万歳ですね。だから相当途中で落とされたと思います。

――その訓練が終わって、いよいよ鹿屋の方に。

柳井　ええ。司令は中野さんで、飛行長は横山さんでした。搭乗員は予備学生なので、タマゴのようなもの。戦闘機として役に立たない。専門のやつが行ってもかなわないというぐらいだから、特攻の準備・用意は全て練習航空隊にした。飛行長は特攻反対でしたが、今から考えると仕方がなかったんじゃないかと思いますけどね。海兵は温存し、予備学生をというのは。

四月の初めに三十七名ぐらいか戦死しました。朝鮮の元山は早く行っていますし、谷田部もしています。そして、筑波もいよいよ出るっていうんで、四月の初めに第一筑波、第二筑波と、第三、第四って順番にどんどん筑波から特攻隊が出ました。それを僕たちは送った。

そして、五二型っていう新しい飛行機に乗って鹿屋に行くことになります。僕がいた第六筑波隊の鹿屋行きは、四月のちょうど終わり頃でした。そこで、いつでも順番が来れば出て行くことということになります。

ですが、天候の問題で飛べなかった。梅雨で僕は何回も助かったっていうことですね。五月に入ると、沖縄がもう梅雨に入るから。そして、六月は本土が雨期に入るでしょう。零戦は一人乗りだから、悪天候の場合はダメなんです。第五筑波隊というのが、五月の十一日に出まして、これで吉田君や石丸君なんかが出て行った。二十五機くらいが鹿屋から出ましたかね。本当なら僕も一緒に突っ込むはずでしたが、空襲で僕の飛行機が焼けてしまい残りになったんです。「柳井、一番最初北側行け」と言われていたので、一番になったんですよ。でも、結果的に僕は北側にいなかった。敵が東方海上にいたので、僕らの大将だった富安中尉がエンタープライズにぶつけて……。早稲田出身の小川清君がバンカーヒル、富安俊助中尉がエンタープライズ。これは大変な戦果なんです。我々は、富安中尉の戦果を当時は分からなかった。小川君の戦果も分からなかった。分かったのは、敵の空母の中に遺品が残っていて、向こうの乗務員が「このままわしが持ってちゃいかん」ということで、日本に帰って来てからです。

その時に、アメリカは旗艦空母をやられたものだから頭に来て、内地を叩けと、タスクフォースと言う機動部隊が、空母を中心にまわりを全部囲んだリングフォーメーションで北上してきました。それで五月十四日の夜中に起こされて。これをたたくということになったんですが、この情報は陸軍の偵察機の情報で海軍じゃないというんです。「海軍じゃないんですか！」と訊いたら、「いや。陸軍だよ」と笑われました。海軍と陸軍は仲が悪く、徹底的に陸軍の航空隊をバカにする教育を我々は受けていたわけです。「陸はニワトリ」と言うんですよ。「地上を歩くだけで、飛べない」と馬鹿にして。洋上航法ができないから。地紋航法と言って地図を見て飛ぶ訓練ばっかり受けているから、計器を使う海はダメなんです。それで、バカにしてはダメですが、とにかくバカにしていた。ただひとつ、加藤隼戦闘隊長だけはピカイチだと言っていました。

その時は、大体四時頃整列ですね。大体こういうことで、「諸君の健闘を祈る！」っていう指令があって。細かいことはもう言いませんから。だから二時間半ぐらいずっと真っすぐいって、左旋回して、ある程度行って、それから帰って来いっていう形。その帰って来るまでに敵艦隊に遭遇したらサッと行くわけ。ですが、鹿児島湾から真っすぐ鹿屋へ上がって来るのはダメだと言うんです。なぜなら米軍が来るから、と。

それから、水杯《みずさかずき》かなんかの記憶がありますね。その後にトラックに乗って所定の飛行機のところまで案内してもらいました。そして、みんなばらばらに別れて、自分の搭乗機、愛機に乗るわけです。僕に整備員が、「健闘を祈る！」と言ってくれました。それに応えてから、「エンジンどうか」「大丈夫です！」と会話を交わしました。「そうか！」ということで乗ったのを覚えています。それで待機していますと、発進しろということになり、整備員がチョークを外すわけですよ、車輪の下の。僕たちは二機編隊で、僕の二番機は同じ慶應の後藤君でした。飛行場、滑走路二本あるので、そこへ行って待機。順番に出る。僕は早く出たと思います。発進を急げというから飛び立った。

ですが、五〇〇キロ爆弾を積んでいますし、燃料満タンでしょう。うまく飛び上がれるかどうかということを思いました。そういう訓練をあんまりしてないから。ちょうど風が滑走路側にうまくアゲインストになったらいいんですが、横風とかなってくると幾分か違いますから。爆弾を抱えて、燃料は満タンで、横風でおたおたしつつ飛び上がると、上空で後藤が来るのを待っているわけ。大体あの時二十五機ぐらい出たかな。筑波は十七機出て、一番多かったんですね。でも、待っていても後藤は来ないわけです。だからしょうがない、僕はもう行くことにしました。

その時のことを映画『永遠の0（ゼロ）』の主演を務めた岡田准一さんに言ったんですが、鹿屋基地の山並みが見える。その光景を見て、これでいよいよ僕も日本の見納めだと思った。その山並みの印象が非常に強かった。「岡田さん、今あなたと来ても、ひとつっつも変わってない。昔のままの山並みですよ」って言ったら、岡田さんも感銘していました。その記憶があります。開聞岳よりもそっち。

それで、もう一路低空で行くしかない。だから、所定の時間まで行って、今度左旋回しようとした時にふと船が見えた。アメリカの船がね。食堂にアメリカの船の写真が置いてあって、それを見ていたからイメージングできているわけです。それでグーッと高度を上げました。すると、船が多いっていうことに気づいきました。もう僕も疲れた、面倒くさい。空母でなくてもいいやと思いました。巡洋艦かなんかでも、これにぶつかって一発かましてやろうと。巡洋艦なら一発で轟沈ですよ。五〇〇キロだからね。それで高度グーッと上げて、大体一〇〇〇から一五〇〇ぐらい上げて、それからいよいよ突っ込んでいくわけですが、艦隊がいないんです。どうしてかというと、波が立っていて、船が進んでいるような感じを受けてしまい、見間違えをしたんです。いないので、今度は高度を落として、それからずっと回って、今度は帰る北の方のコースへ入った。その間も発見できませんでしたから。

それで無電を「反転、帰途につく」というて、無電打ったわけ。僕の場合は「柳（やな）」の「や」という決まった符号があるんです。それで次は爆弾を落とす。それで帰ることにしたんですが、いくら経っても九州が見えないんです。その内に島が見えた。で、これで鹿児島だと思ったら、これが桜島だった。「柳井さん、どんな気持ちでした？」と岡田さんも言ったけど、それはやっぱり特攻隊で出て、特攻機で帰って来るっていうのは、正直に言って少し後ろめたさがあった。だから、司令になんて言うか考えましたよ。そして、岡村司令に報告へ行った。僕は一番最初に帰ってきていました。一言「また次あるからな！お前、ちょっと休養してこい」と岡村司令は言って、二日間休養をくれるから近くの温泉へ行かせてくれました。

結局、そういうことで帰ってきた。次の攻撃は、結局沖縄が落ちる六月の二十三日なんですが、二十二日にもう沖縄が落ちたっていう情報が入った。そこからは弔い合戦ですね。実際七機でしたが八機出すことになり、僕も出る予定になりました。ですが、ストレスなどで体調が良くない。すると、代わりに高橋君が「おお。僕が行ってやる」と言ってくれたんです。

特攻隊員っていうのはいったん決まったら、いつ死のうが、早かろうが、遅かろうが、いずれ死ぬ。だから散る桜、残る桜も散る桜で、この手の時間差はあんま関心がなかったんです。戦後、弟さんとも僕は筑波の慰霊祭でよく会いました。僕の代わりに行ってくれたわけです……。


――この時、第六筑波隊で出撃したので帰ってきたのは柳井さんだけですか。


柳井　いいえ。三機帰ってきたんです。一緒に出撃した川崎君は僕より十分か後ぐらいに帰って来ました。彼は上空の方だった。彼が帰って報告したことで、所定のコースにはいなかったっていう証明をしてくれることになりました。

最初は僕だけコースをそれて帰ってきたんじゃないかとか言われたけど、彼が証明してくれたから非常に助かったわけです。で、川崎君もそういうことで僕が帰ったっていうんで助かったと。

それから、六月の十五日頃、食堂に後藤がいるんです。どうしたのか聞くと、結局燃料不足で種子島へ不時着して、本土へ帰る便がないので、ぽんぽん船か何かで帰ってきたって言うんです。向こうも僕が死んだと思っていたので、お互いにびっくりしましたね。

零戦に乗って復員

――続きまして、終戦後の話をちょっとお伺いします。

柳井 終戦は宮崎県の富高で迎えました。その前に呉に行って、広島経由で帰ってきた下士官の報告で、広島に特殊爆弾が落ちて壊滅的になったという話が伝わったわけです。その時に特殊爆弾ってどんな爆弾だろうかっていう時、僕の記憶があるのは後藤君が「それは原子爆弾だ」って言うたんです。

原子っていうのはその頃我々あんまり知らないんですけど、彼は言っていました。原子っていうことを、爆弾の威力的なものを後藤君は知っていたね。そういうのはみんな、「ほう！そんなもんか」ということぐらいだったんですが。そういうことがあって、陛下のお言葉が聞けるって。それで十二時に富高の司令を含めてみんなが集まり、ラジオを拝聴した。雑音がひどくて分からないんだけど、陛下の「耐え難きを耐え、忍び難き」という言葉を聞いて「あっ、これは負けたんだ」ということを知りました。

それから僕たち特攻隊員は、「これからどうなんのかいの」ということを考えました。要するに死の宣告から無罪放免的な形になりましたから。それから、みんなの意見出ました。もう車座になって、僕が五百キロ爆弾たたくから、みんなでここで爆死しようとかね。

国に殉ずるっていうこと言うような特攻隊員なんかもおりました。

明くる日の八月十六日の早朝に攻撃命令が出たんです。それは四国沖にアメリカの機動部隊が来たっていうんで、水上特攻かけてって、火柱が上がっているという。それで四時か五時頃に起こされて、八機の五二型に爆弾積んで待機した。それでも、五時、六時になっても発進の攻撃命令が出ないからどうかした。その内に中止ってなったんです。

なぜかと言うと、誤報だったんです。漁船のかがり火と。高知沖だったら富高からすぐですから。という意味ではその前に本土決戦用に、先ほど申し上げたように零戦をずっと各基地に配っていた。僕は松山に零戦乗って行き、汽車で帰り輸送していたんです。四国沖ならお手のものだったので。

——特攻命令を受けながらも、輸送業務をやっていたのですか。

柳井　その頃は特攻はないです。もう沖縄が落ちましたから。沖縄作戦は終了ですから。今度は本土決戦っていうことです。その時には特攻隊で行くと思っていました。あの時は一億総特攻でしたから。全員が特攻。今から考えれば何を考えているかということですけどね。そういうみんな感じだったです。

ですが、翌日に命令があり中止になりました。それから、無条件降伏ということになる。零戦のプロペラも、機銃も外す。それで二十日になって、無期休暇ということで、うちにみんな帰れっていうことになったんです。これでやっと無罪放免っていうことで。その時、池谷司令だったかが、関東地区や名古屋地区は輸送機で復員させる。大阪は一式陸攻だったか、なんかで送って。九州は汽車で帰れと。それで僕が「山口はどうするんですか」と訊くと「お前どうしてもらいたいのか」と聞き返された。なので「いや、零戦一機ください」と言うと、あっさり了承をもらえました。零戦でも複座の練習機なんですけどね。

それで、僕は富高でいい格好して飛んだんだ。松林すれすれで飛び上がった。あの記憶は今でも残っています。そして、原爆を受けた広島を上から見たんです。二週間頃で、後藤が言うったら、「原子力爆弾すごい威力だ」って言うんで。だから二週間後の広島を僕は見ているんです。これはもう地獄。空襲で焼け残ったというより、焼け野原っていうより、なんというか、廃墟というか。あまりにも完璧にやられている。建物が崩壊していました。その広島の記憶もあります。

で、岩国に着いてから駅まで行くのが大変でした。トラックが来ていて、下士官が立っていたので「特攻隊だ」と言ったら「分かりました！」って駅まで送ってくれたんですけどね。でも、岩国駅着いても、山陽線小郡まで帰らなくてはいけないわけですよ。

当時はほとんど貨物列車だったので客席がないのを、三時間か四時間以上待ちました。で、貨物列車が来たからそれに飛び乗る。列車の煙がすごくて参った記憶がありますね。

そして、次の朝ですね。小郡駅に着いた。「あら！　柳井のお坊ちゃん亡くなられたんじゃないか！」「いや。帰ってきた」という会話をしたのを覚えています。それでうちへ帰ると、両親は考えられないといった顔をしていました。

戦死報告が来ていないだけで、もう戦死したものと思っていましたからね。葬式も準備態勢ですよ。村も僕が戦死したものと思っていたので。だから、すぐに村長のところへ行って報告しました。それから、小学校の校長のところへ行って、「帰ってきた」と挨拶をしました。

今は戦死した、特に十四期の者の慰霊や追悼式に出るようにしています。それから、彼らはこういうように戦ったんだというのを検証しなければいけないと思っています。

戦後、英霊への思い、そして若者たちへ……

——亡くなった英霊たちへの思い、若者たちへの思いを伺えますでしょうか。

柳井　この間、四月の初めに鹿屋で五十九回目の追悼式でありました。市長を始め皆さん方あげて熱心なんですよ。その夜、インタビューがあったんです。生き残りの士官なんて一人もいないです。段々、高齢化していて、士官クラスで出ているのは僕ぐらいのものですよ。ほとんど予科練出身だった。予科練と言っても年齢的に若いんです。だからもうその世代の人より子供さんの世代。お孫さんを連れて大阪から車で来たという方もいるんです。夜のインタビューの時、いろいろあった時、僕は戦地に行った時にとにかく、世間でいろいろ言われているけど、「とにかくみんな覚悟して立派に国のために死んでくれたんですよ。これは忘れちゃいけませんよ」っていうことを強く言いました。そしたら終わったあと、熊本から見えていた方が、「柳井さん。僕の叔父はすっきりしたと思います」って言ってくださったんです。

その方の叔父にあたる方は、十四期だったらしいけどね。どういう気持ちで死んだのかって、みんな「やったるぞ!」という気持ちでしたよ。そういうのが顕彰ですね。こういうことを、できたら予科練の人たちの子供さんたちにも継承していってもらいたいですね。やはり、僕たちは特攻隊ということで、マスコミの脚光を浴びることがあります。悲惨さとか、嫌々で行ったんじゃないかとか。そういう人もいたかも分かりませんが、とにかく、やる気十分でした。

それからある程度特攻隊は戦果をあげていますよ、ということも伝えたいです。エンタープライズに打撃を与えたことにより、アメリカの日本の上陸計画作戦が随分変更になったと思う。もちろん原子爆弾もそういう意味で使ったと思います。入念に作戦を練らないと、相当の米軍の被害が出てしまうから。

だから、特攻は非常な戦果をあげたと思います。ただ、いち空母を沈めたという話ではないということです。天皇陛下が終戦のご決断をされて、みんながいうような形で今日の繁栄があるんです。そういう歴史を忘れてはいけません。功績が非常にあったということを忘れてはいけません。

また、遺骨が約三一〇万の内半分ぐらいしか収集されていない。僕の知っている人は遺骨収集に行っています。この問題には陛下も非常にお心を使われました。

僕たちの特攻隊員の遺骨は何もひとつ残らない。だからそういうことに対してのご遺族の無念さは、これはもう大変なものだと思います。自分の息子が立派に大学までやったのが死んでしまう。どこで死んで、どうやって死んだかも分からず、骨や遺品のかけらもないということでは、もう耐えられないでしょう。そういうことは忘れちゃいけないということを、僕は言うんです。

『永遠の0』が出るまでは、僕も娘や家内には一切軍隊の話はしませんでした。だからそういう点でこちらから語ることもなく黙して語らずでした。

ところが『永遠の0』でやっとこれを脚光を浴びて、それからはマスコミ関係でも「柳井さん、これ話してくれ」っていうような、一般の世間の人も幾分目覚めたという感じがします。皆さん方がアーカイブスではないけれども、各大学も慰霊祭をしたりもしています。

そして、我々特攻隊も、満州での悲惨な話も、回天も、ガダルカナルで餓死した方も、捕虜になった者たちも、広島・長崎のことも忘れてはいけないと思いますよ。

毎日新聞

われぞ御楯 學徒總出陣の日

眉あげて仇敵撃たむ

聖域に展く感激の大壯

國難克服の

もとより生還期せず

決戰場裡に邁進せん

日本軍進出

1943年10月21日（木）毎日新聞夕刊　明治神宮外苑競技場での行進。

225 第二章　学徒兵の戦記　柳井和臣（慶應義塾大学・元神風特別攻撃隊第六筑波隊）

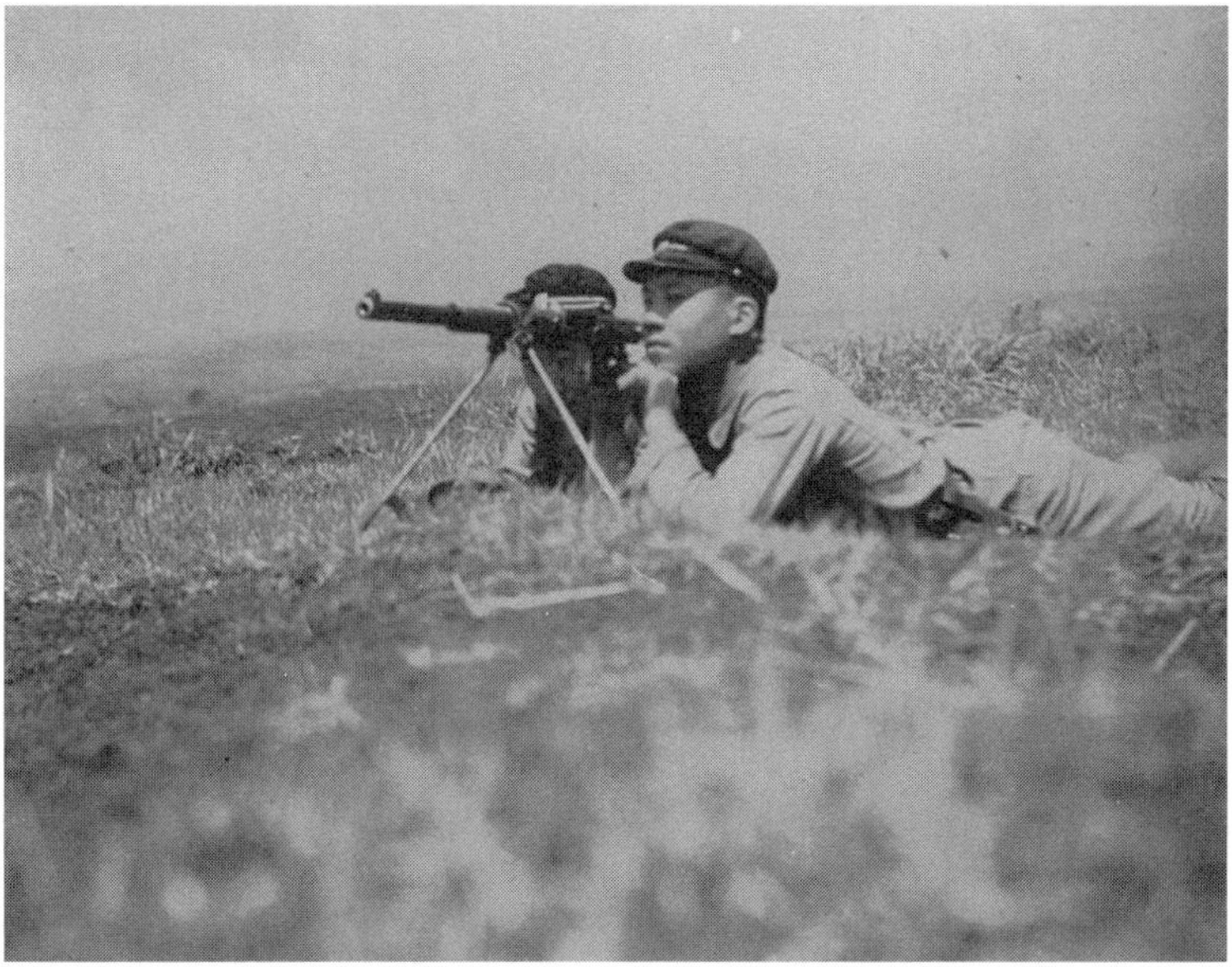

《六人目の証言》**横山直材（國學院大学）** 元陸軍戦闘機「隼」搭乗員

松陰神社で歴代の学生の集いがあって、そこへ行ったことがあったんです。すると、日本の戦況は伝わっているような生易しいものじゃないということを、彼らが言う。要するに、彼らは陸軍のエリートだからたいていの情報は知っている。そういう話を聞くと、これじゃあまずい、とにかく日本を強くしなくては、と思いました。東條内閣打倒よりもなにも、日本が負けてしまってはいけないですから。

日本を強くするために志願

――日米開戦の時は東京にいらしたのですか。

横山　はい。開戦の報を聞いた時は、しばらく頭の中は真っ白でしたね。同時に、これはもうやらなきゃいけないなっていう気持ちにはなりましたよ。今ほど情報がないですから、とにかくわれわれ若い者が立たねばとね。

その時は学校でも、講義を聞いている者はなかった。学校の中に本屋とか、売店があるでしょ、そこでみんなラジオ聞いているわけです。先生も学生と一緒になって聞いている。その後、午後三時頃に、全学生が講堂集合して、詔書奉読式をやりました。奉読は河野学長がやられたのを覚えています。それから全校で歩いて明治神宮へ必勝祈願参拝に行きましたが、第二鳥居のところで陸軍大臣東條英機、海軍大臣嶋田繁太郎とすれ違ったんです。両大臣が開戦の報告に参拝した後で、すれ違ったわけ。

戦後、僕は島根県の美保神社の宮司になったんですが、その時の陸海軍大臣の先導していたのが僕の前宮司で、当時は明治神宮の大宮司だったの。今は明治神宮の大宮司が三人いますが、当時は一人で、しかもご祭神の明治天皇さまご学友が大宮司をやっていた頃です。

あの頃、学校から歩いて参拝というのが、よくあったのを覚えています。明治神宮どころか九段の靖国神社まで歩いて行ったことも結構ありますよ。府中の大國魂神社には走って行ったこともある。前に学校から大國魂神社までどれくらいあるのか調べてみたら、二十二キロもあったんですよ。それも正門から走る、全学の学生がね。

——全学生が、ですか！　それは勇壮な光景ですね。

横山　学生生活では、夏休みだろうがどこかへ行って勤労奉仕しないといけなかった。そこで証明書をもらわなきゃいけない。たとえば、神社の掃除などですね。あの頃は小学校時代からみんな神社の掃除などをやっていましたので、それに輪を掛けたようなことをやれば良かったわけ。

——陸軍に入ったのは、いつでしたか。

横山　僕らの同期生は学徒出陣の二カ月前に志願しています。昭和一八年十月一日に飛行学校に入隊しました。試験は東大の安田講堂でしたね。その時は神道学部の一年でした。予科は二年が一年半に、学部は三年が二年半に短縮になった頃ですね。

飛行学校に入る試験の時に、体格検査が終わると判定官の前に行くんです。

「誰々合格。誰々不合格」というふうに宣告される。ですが、私の番になったら試験官が「ちょっとお前出て来い」と言うんです。「しまった、これはまた留置所逆戻りしなきゃいけないのかな」と思った。不合格になった者が前に呼ばれていましたから。案の定、「君は何かやったんかね」と聞かれたんです。

「思想運動をやった者は採用しないことになっているけども、憲兵隊の方から『採れるものなら、ぜひ採ってやってくれ』という助言があった。幸いに君は体にどこも異常がないし、採用するから」と言われたんです。それで「横山直材、合格」言われて、嬉しくて、すぐ回れ右してしまいました。すると「ちょっと待て！」とまた呼び止められる。「横山直材、合格」と結果を復唱をしなきゃいけないんです。うれしくてそれ忘れてしまったんですね。慌ててやり直しました。

その時、不合格になった連中が泣いていたのを覚えています。ウオーっと声を上げて。あの泣き声は今でも忘れられません。落ちたことが、悔しかったんでしょう。号泣とはあいうことをいうのかと、今でもはっきり覚えています。当時はみんな、よく言われるように、決して嫌々行ったわけではないんですよ。とにかく、少なくとも僕らの同期生というのはね。

――あの、留置場戻りということは、思想運動をされていたんですか。

横山　実は東條内閣打倒運動に関与していました。だから真っ先にやられる可能性があるわけです。しかも、昭和十八年だったと思うけど、戦刑法と言われていた戦時刑事特別法ができてしまった。関連事件も処罰するとか、かなり刑法が厳しくなってしまったんです。

私が運動に関わったきっかけは、その刑法がおかしいという疑問からでした。国民としては納得できなかった。それから未決を罰するというのもおかしいということですね。それに疑問を持った者が集まったんです。中学卒業したばかりの人もいたし、有名な人もいた。中には、その事件で未決になって出てきて、また事件を起こしたりというものもいました。僕は軍隊に入ったもんだから、結果としてとにかく操縦しか生きる道がなくなしまった。今度は操縦での戦闘ですよね。思想から実戦、実戦になってしまったんです。

あの頃、運動に携わっていた中には大学生もいれば、色んな職業の人がいたんですが、それどういうきっかけで憲兵隊から見つかったというと、ユダヤ研究のことを取り調べられた学生が、間違えてこちらの運動のことを話してしまったんです。勘違いですね。それでバレてしまった。僕の仲間の人が捕まって、その人と一緒に東横線の電車に乗っていくのを、同期の寮生が見ていて、これはもう僕のところにもそろそろ来るだろうと思いましたね。

その時が来たのは、入隊の受験願いを書いていた時でした。試験の受験願いを書いてる時に二人憲兵が入って来て、俺を指導してる職員に「学部一年の横山っていうのはおりますか」と言うわけです。教員は「あそこにおります」なんてすぐに言いましたね（笑）。「ああ、君は横山君か。胸に覚えがあるだろう。」と言われたので「ああ、あります」と答えて憲兵二人に連行されたわけです。

戦時中の憲兵っていうと、随分ひどいことをやったっていう、残酷なことをやったんだっていうことばかり言われていますが、僕らは殴られることはありませんでした。むしろ航空隊に志願をするのに応援してくれて、一次試験を過ぎ、二次試験が早くなった時も、憲兵隊で弁当が出なかった時に、自分の奥さんに作らして持って来てくれたりもしました。

シンガポールで任官するときも、その憲兵に「おかげさまで任官しました」と挨拶に行ったら、「おめでとう。今度会うときは俺が敬礼しなきゃいけねーな」と言わたりもしました。憲兵曹長っていったら大変な地位の方が、ですよ。

随分お世話になったから、戦後にその人を探したんです。ですが、その頃憲兵の情報が全然なくて、最終的に靖国神社に聞いて分かり、電話をしたら、その方は亡くなっていた。電話に出てきた奥さんが僕の声を聴いておいおい泣いてしまったんです。「横山さん！あんた生きてたんですか！」と言って。「主人はあなたの話を随分としてましてて」という話を聞きました。「酒飲むと、あなたの話をしてた」と。

留置所にいても朝起きて掃除をし、洗面したあとで、僕らは氏神さんを遙拝し、皇居を遥拝していた。それを隣の房にいたキリスト教の教誨師が、自分らは留置所に捕まって大変なショックを受けているけど、彼らはそういうところにいても自分らの信念を曲げずに考えてたという話をしていたと奥さんに語っていたそうです。

――いい話ですねぇ。そうすると、運動やって捕えられていた最中に特操の方に志願をしたということですね。

横山　そうです。こんなことじゃとても日本が浮かばれることはないと思っていた。とにかく強くするにはどうしたらいいか考え、若い者が第一線で、思いっきりやるしかないと思った。

松陰神社で歴代の学生の集いがあって、そこへ行ったことがあったんです。すると、日本の戦況は伝わっているような生易しいものじゃないということを、彼らが言う。要するに、彼らは陸軍のエリートだからたいていの情報は知っている。そういう話を聞くと、これじゃあまずい、とにかく日本を強くしなくては、と思いました。東條内閣打倒よりもなにも、日本が負けてしまってはいけないですからね。

――志願して、まさに受験の時にちょうど憲兵隊が来たと伺いましたが本当ですか。

横山　そうですよ。大学の試験会場に来ました。それがもし違うときだったら、受験ができなかったと思いますね。受験票を書いているところを捕まっているわけですからね。それで家宅捜査やるから移動しようとなったんですが、その時に「受験票を出してきてくれますか」と彼らにいったんです。そうしたら「君は航空隊志願しているのか。その答案は書きたまえ」と言ってくれました。それから、外に出て、ちょうど四つ角のところをずっと坂を下がって行ったら、戦闘機が二機ほど飛んでいました。それを見ていたら、「ああ、いいな、戦闘機は。君もあれに乗るんかな」なんて言葉をかけてくれたのも覚えています。ですからこれは見逃してくれたとかではなく、国のために何かやろうっていうのに、それを止めるっていうことは憲兵には考えられなかったからですね。

――形式的には逮捕するけど、咎める気持ちはないと。その時代の思い出は他にありますか。

横山　旧制松江中学時代の話になるけど、同期の竹下登（後の総理大臣）とある事件を起こしたことがあります。

軍事教練では直属の配属将校、現役の将校から教練の指導を受けるんです。成績によって、「将校適」あるいは「下士官適」「兵適」って分けて、それが彼の軍隊生活を左右する。だから、配属将校ににらまれると、軍隊ではうまい飯は食えないということで、みんな学校サボっても教練だけは真面目に出とったわけ。その配属将校っていうのが、もうなんていうか一年生の時は非常にいい将校。中佐だったんですが、ものの道理もわかっているし、人間ができている。非常に厳しかったけど、情けのある配属将校で、みんなが慕っていたわけです。

ところが四年生になったら、現役の機関学校を出たばっかりのやつらが入って来た。それが非常に私的な個人的なやり方で鍛えるんです。

——機関学校の人は徹底的な精神主義だといわれてますね。艦が沈むときは真っ先に死ぬのが機関部の人で、それだけに肚を練るといいますか、豪胆をよしとするところがあると伺ったことがあります。

横山　僕らの隣のクラスの連中が真っ先に反抗しました。絶対言うまいって頑張ったが、あるところからバレてしまったんです。教師が「絶対に教練の教官に言わないから、誰がやったか言ってみろ」って言ったのに乗ってしまったそうです。それで彼らは教練に不合格になりました。僕はその時に竹下や他の三人などと、今まで四年間、五年間と一生懸命やって、こんなことで教練検定不合格にするなんてけしからんと語り合ったんです。なんとかやる方法はないか、と。それまでは黙っていましたが、なんとかしなきゃいけないと思い配属将校の下宿を夜に襲撃しました。

——それはすごい（笑）。

横山　あの頃は映画すら自由に見に行けなかったですよ。希望者は指定された作品を指定された時刻に見に行かなきゃいけなかった。当時上映していた『西住戦車長伝』だけは自由に行ってもよかったのでみんな行きました。で、その映画の晩のうちにやろうということになったんです。

僕は剣道部、竹下は柔道部だったので、竹下が「横山、お前は剣道部だからマントかぶって竹刀持っていけ」と言ったんです。「野郎が出てきたら竹刀でぶん殴れ」と。「そしたら俺が川へたたき込んでやる」とね。その将校が下宿の二階にいることは知っていたので窓に向かってまず石を投げました。ガシャーンってガラス割れる音がした。それで出て来るかと思って、ずっと待っていても誰も出て来ない。ガラガラガッシャーンと音は聞こえるけど、誰も出て来なかった。仕方なく結局帰りました。これがばれたら刑事事件ですが、向こうの配属将校も面子があるから、言わなかったんだと思います。そのぐらいの憎しみを配属将校に持った経験がありました。竹下も僕も権威に対する反抗の気持ちは強かったですね。

——そして、昭和十八年に入隊となるんですね。

横山　十月一日に学部二年になって、その日に入隊しました。だから名前だけはあるが、

贈 横山君
赤山山頭で養った武道精神
で共にやらう。
今後とも益々仲良く行かう
柔道部
竹下登

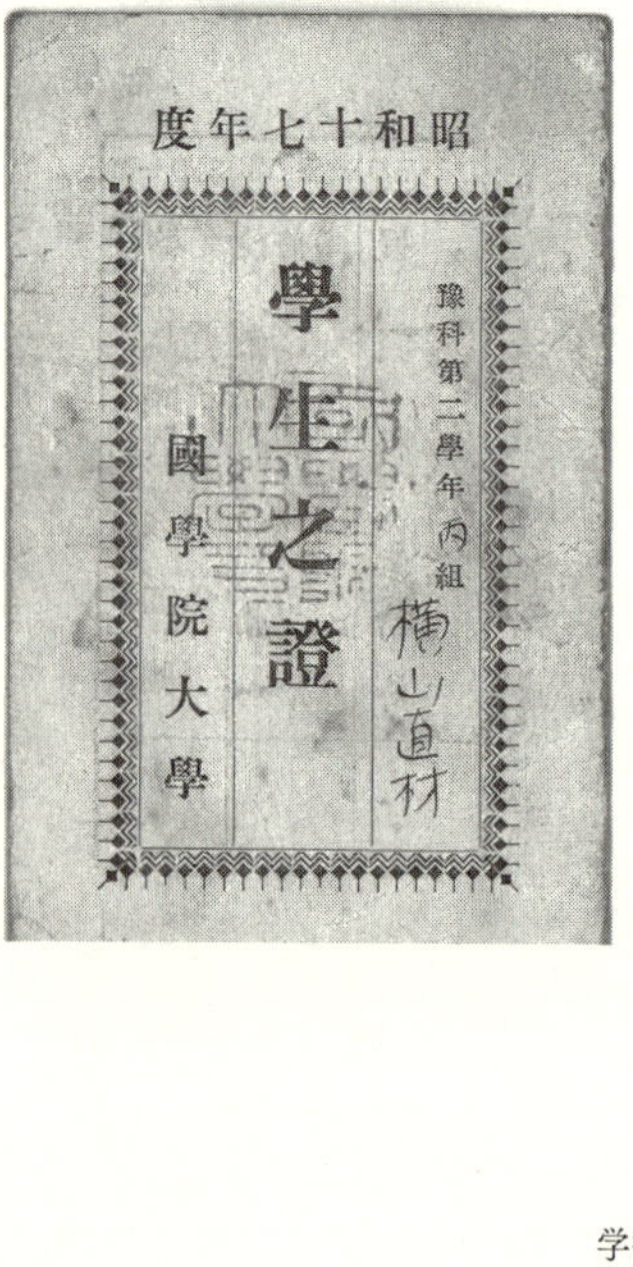
昭和十七年度

學生之證

豫科第二學年丙組
横山直材

國學院大學

授業は一時間も受けてないわけです。僕は先に入隊していたので、大学で学徒出陣の壮行会の時には既に飛行機に同乗していました。慣熟飛行といって、助教が操縦して、それに一緒に乗って、飛行機がどんなものか体験するわけです。なので、地元の連隊に入り基礎訓練を受けるようなこともなかったんですよ。十月一日に入隊したら「これを着ろ」と軍服を出された。見ると襟章が付いている。少尉の襟章ですよ。そして、座金が付いていました。初めからもう見習士官ということです。この制度は陸軍としては初めてでした。

学徒兵を最初から見習士官にしたのは、陸軍が最初でした。優秀なのを集めて、ゆっくり時間をかけて半年間の営内教育なんか関係ないとばかりに、集中的に教育し戦力になるように短期間で養成しようとしたんですね。

特別操縦見習士官一期生

――では、特別操縦見習士官の一期生ってことになるんですか。

横山　そうです。海軍でいえば予備学生十三期ですね。十三期と陸軍特操一期はほとんど一緒です。だから、十三期の連中の話ができる。要するに志願して入った連中です。

――読者のために補足しておきますと、予備学生制度というのは、学生の身分から海軍の仕官コースに入る制度で、十三期までが志願で、十四期からはいわゆる学徒出陣で召集になるわけですね。戦局の悪化もあって、十三期がもっとも志願者が多く、すごい倍率だったと聞いています。それだけ当時の若者が戦局に危機感をもっていたということですね。

横山　そうですね。十月一日に入って、三月十六日に特命検閲がありました。これは勅命による検閲で、検閲官が任命され、天皇陛下のご名代で軍隊を視察するというものです。「元帥、もしくは大将が、特命検閲使となり、陸軍の視察するものとす」っていう。だから、陛下のご名代として検閲するわけ。それが三月十六日。そして十九日が卒業式です。

横山　技術将校は小銃の操縦のオーソリティー、飛行機の機械のエンジニア、気象士、衛生、給与を管理しているものがいる。とにかく各兵隊は周囲のことを全部知り、兵舎の瓦まで皆で磨きました。

——飛行学校では戦闘機を志願したんですか。

横山　実戦の飛行機はないので練習機に乗っていました。ただ僕のいた飛行学校の検査はそうだったけども、隣の部隊なんかでは実際に戦闘機使っているところを検査されるわけだ。だから、特命検閲っていうのはすごい検閲です。宮様が来られていました。朝香宮様です。

三月までずっと訓練でした。編隊訓練では気をつけなくてはいけないのは、たとえば、高度計がこの飛行場で高度0メーターで、向こうでも0メーターだとしても、地域差があるわけです。その地域の標高を頭に入れ、修正しなくていけません。整地着陸っていう行動訓練。あるいは飛行場によっては何度の角度から、こう何メーターで入ってくという具合に。大きな飛行場では、それをしないと落ちてしまう。

そして、教育は中練（九五式一型練習機）が終わり、今度は戦闘機の訓練をやるわけです。その訓練では、昔の戦闘機を練習機に使うわけ。ノモンハンで使われた戦闘機でした。足が固定されている九七式戦闘機です。陸軍で初めての低翼単葉になるわけです。いい飛行機だったなあ。フラップもちゃんと付いていて。ただ脚が入らない。脚は入らないと、それだけ空気抵抗があるからスピードは遅くなりますが。

――雁ノ巣から石垣島に不時着して、台北とフィリピンに行かれたそうですね。

横山　雁ノ巣から九七式重爆撃機という重爆機に乗せられて飛ぶわけです。これが終わったらすぐ帰らなきゃいけないという時に、低気圧にぶつかり雁ノ巣飛行場に着陸したんですよ。ですが、滑走路が短くて、我々を乗せたら重みで離陸できないんです。だから、置いていかれて、飛行機だけが帰ってしまった。

そこにいた海軍の部隊はブーゲンヴィルかなんかの生き残りの部隊で、気が荒いんですよ。二、三日待ち、それから台北行って、汽車で屏東まで行ったわけです。今度は屏東からマニラへ行き次はボルネオ島のクチン。それからジャカルタです。ジャカルタへ着陸してバンドンへ。バンドンで少し滞在をしました。

バンドンの飛行場は真ん中が高くなっているので、端に着陸すると下がってしまい止まらないんです。しかも四隅を岩山がずっとあった。ジャワ占領した時に、全部占領したの？と訊いたら、どっかからオランダの飛行機が飛んでくるから、攻めたら飛行場があったって言うんです。岩山で隠れてわからない。その飛行場で九七戦をやっていました。

——十七錬成飛行隊はどういうものだったんですか。

横山 それは昔の戦隊、実戦部隊です。それと、教育隊を一緒にしたものでした。要するに飛行機がなくなっちゃってましたから。そこで隼での実戦訓練が始まりました。

——その時のジャワの雰囲気っていうのはどうだったんですか。

横山 ジャワはよかったですよ。ジャワはよかったけど、シンガポールはなにしろ人種が入り乱れているし、かなり怪しげなところがあった。ちょっと油断するとやられてしまうんです。ですが、一番問題だったのはフィリピンで、特にマニラ。ホテルに航空寮という航空隊の寮があって、僕はそこへ泊まらされていたんですが、自分の部屋へ鍵開けて入ったらテーブルの上に拳銃がむき出しして置いてある。これにはビックリしましたね。その後部屋に来た日本軍の軍人に事情を聴くと、ホテルのすぐ近くにキャバレーがあり、そこへ飲みに行った帰りに、いきなり後ろから銃撃された。防戦しようにも相手が見えない。そんなわけで「君ら、外にいると危ないからな。気をつけろよ」って拳銃を渡されたんです。

——すごい話ですね。そのあと、十九年十月に少尉になって、この時はシンガポールにいらしたのですか。

横山　そうです。センバワンに第十七錬成飛行隊、錬成飛行隊がありましたので。そこは兵舎があるし、飛行機があるし、飛行場があったんです。その後に、実戦部隊としてプノンペンに移動しました。

——援蒋ルートを叩きに行っているわけですか。

横山　目的としてはそうです。しかし、そのわれわれの部隊も結果としてビルマ作戦、インパール作戦に全然参加してないわけです。航空隊参加しないで、陸上だけでやったでしょう。だから、負け方としては悲惨です。

悲惨な話ばっかり入って来る。プノンペンの飛行場の近くに彼らは寝ているんですが、飛行機の音がすると、すぐ飛び起きる。要するに味方の飛行機だと思ってないから。爆音が聞こえたら逃げるものだという倣《なら》い性になって、飛行機の爆音が来るとすぐ飛び出したそうです。かわいそうだなと思っていました。

特攻への道と戦後の慰霊祭へ

――状況はどういう感じだったのでしょうか。

横山　もう飛行機が来るのを待っても来ない。それで内地へ帰るのかなと。内地へ帰るっていうことは、本土決戦を意味することでしたし、そのつもりでした。

その時にプノンペンの第五飛行師団の司令官から訓示があった。その時は「特攻隊」っていうことをはっきり言いませんでしたが、その時の文句も覚えてますよ。「天皇陛下の御宝前に永世悔いなき、ご奉公をまっとうすられんことを」っていう。その時みんなが、「あっ、これはもう特攻だ」と気づいた。だけど、飛行機が来ないからどうしようもないわけです。

そして、キ六七（四式重爆撃機）っていう最新鋭の重爆機を輸送機に改装したもので日本へ向かいました。いまの飛行機みたいに暖冷房はありましたね。十何人乗ったでしょうか。ベルトも何にも着けない状態で乗るんです。しかし、元は重爆撃機ですから、機内の下を見ると台座がゆがんでいるんですよ。照準具の棒みたいなものがあり、何だと思ったら要するに望遠鏡なんですが、それが吹っ飛んでいました。その照準具がやられたっていうことは、本来いうとこっちが目をやられているはずなんですが、マスコット人形が飛んだおかげて助かっていたんですね。風防のところにつけるマスコット人形、これは勤労奉仕の女子学生がお守りで贈ってくれるものなんです。そのマスコットはある意味、私の命の恩人といえますね。

戦後に復学した時、学校に女子学生が入ってるわけ。初めて女子学生が大学の構内へ入ってきた時、「あんたらどこの学校か」と言ったら、「都立第三高女（現・都立駒場高等学校）です」と言うんです。確か彼女もそうだったと思って、こういう人がいないのかと尋ねたら、知っていたんです。たまたま同じクラスメートだったのがいて、「その人はどこの子。ちょっとお礼に行きたいんだ」と言ったら、名簿で調べて教えてくれました。そして会いに行ったら、結婚して温泉のおかみさんになってるわけです。「あなたうさぎ年でしょう、こういうの作った覚えないですか」と訊いたら、「作りました。ウサギのマスコット作りました」となった。実は私はそれをもらって、こういうことがあったと伝えたら向こうも喜んでくれました。彼女もビックリしていましたね。

――終戦の八月十五日はどこで迎えたんですか。

横山　明野でした。ラジオで知りました。放送の音は悪くて、雑音が入ってわからなかった。ただ、明らかに覚えているのは「耐え難きを耐え、忍び難きを忍び」っていう、あのお言葉のときだけはハッキリわかった。あっ、これは負けた、と。

ですが、負けるとは思っていました。だから俺たちが生きとるときに負けるのか、死んでから負けるのか。どうせ死んでやろうとは思っていた。ただ、死に至ることがなかった。戦闘して死ぬならいいけど、このままじゃ地上部隊として何のために訓練やったのか分かりませんでしたね。

学生たちに引き継がれた慰霊の思い

――八月十五日を迎えてからのことを伺えますでしょうか。

横山　十七日にもう帰郷可の命令が出ました。召集を解除すると。

その後に、すぐに大学に復学しました。ですが、一番先行ったのは靖国神社でした。戦友がお奉りされているので。同級生でも戦死した者が沢山います。一人は予科から一緒だった。彼は国文科。ずっと予科から一緒で陸軍でも一緒でした。海軍行った連中もいますけど、それは学徒出陣でみんな大体行っているわけです。

國學院大学としては六百余名が出陣したんです。それで僕はいつも言うのは、大学で理事長、皇典講究所長、学長以下が教授が「ちゃんとして立派に行ってこい」と送っておきながら、終戦になったら知らん顔しているっていうのはおかしい。建学の精神なんてバカなことを言っているけど、ちゃんちゃらおかしいと思っています。

戻ると、とにかく、それこそ学校にも死体があった。また、学校に防空壕が残っているんです。だから、防火用水のバケツを持って三階まで上がって火を消したそうです。消火が終わったら、もう手が動かなかったっていう話しも聞きました。校舎もだいぶ空襲にあったらしい。それで剣道場もちょっと隅の方がちょっとやられたけど、それはなんとか残った。結局、温故学会（塙保己一の偉業顕彰）が残ったのは、やっぱり國學院が残したんです。

――授業はすぐに再開できたのですか。

横山　ところは、講義は休講が多くて。先生も気の毒だったと思います。それから一番困ったのは論文書くのに図書館に本がなかったこと。みんな疎開しちゃって、全然ないんです。学生はどのくらいいたでしょうかね。とにかく、学徒出陣の時の祝詞を見ると、今言ったように、ほとんどが出陣していますからね。戦死した人もいれば、もちろん生きて帰って来た人もいる。國學院は死亡比率が高いんですよ。それで結局、戦後慰霊祭を続けてやっているのは僕らの一期なんです。國學院は公私大学の中で一番最初が慰霊祭を、始められているんです。

――ちゃんと國學院は敷地内にあれだけの碑を作られています。あれだけ立派な碑を作っているのは慶應と國大ぐらいです。

横山　あれできた時は昭和四十三年だったかな。当時の理事長が戦争中の学生会長でした。まだ校舎が木造だったころです。木造の二階建ての真ん中に、甲乙丙と三組が百二十人いました。それがあって、神道部、祭式教室がある。その上が二年生。冬になるとストーブを焚くわけです。石炭がないから木を割って焚くしかない。その煙が二階へ、床の節目から出てしまう。二階の二年生がもう煙たくてしょうがないわけです。なので、上からバケツで水まくわけ。それがぽたぽた落ちてくる。

その木造校舎で、遺族をお呼びして慰霊祭をやりました。結局、予科だけの学生が慰霊祭やったんです、遺族集めてね。僕は寮にいたものだから、亡くなった連中のことも知っていたので、遺族の案内という大任をまかされました。矢野君という友人がいたんですが、ご遺族が「あなたは横山さんでしょ」と言うんです。会ったことないんですよ。なので「どうして分かるんですか」と訊いたら、あなたの写真があって名前が書いてあると言うんです。自分の死んだ息子の友達だから、会う前から名前を知っているわけです。もうそろそろ始まりますからといっても、慰霊会館へ行こうと言っても遺族の方は、動かないんです。そこが予科の学生がいた教室ですからね。自分の息子が学んだ教室です。

これはもう、単なる遺族だけの問題ではないと思って、大学の学生会へ向かいました。

理事長室へ入り状況を話したんです。そうしたら、「いや、それは君の言うことよくわかる。なんとかせないかんな」ということで考えてやってくれた。それで昭和四十三年の五月、学園紛争の最中にあの慰霊碑が建てられたのです。

僕がこれ建てるとまた問題起こってくるだろうけど、だけどやっぱり建ててもらいたいと言って。今度はそこで慰霊祭をするようになったわけです。除幕式は三人だけでしたが、やがて学生が慰霊祭をやりだしたわけです。学生がやりだして、今度は学校もやるようになってくれました。

《七人目の証言》 **加藤昇（立命館大学）** 元海軍飛行科偵察員

あの時は夏のカンカン照りだったんですが、
その中でラジオが聞こえにくいなと
思いつつ皆が
「日本は負けたみたいだな」
と言い出しました。
はっきりは分からなかったんです。
ですが、終戦によって上下関係が
スッとなくなった感じでしたね。

第六三四海軍攻撃隊員が見た大東亜聖戦の大義―加藤昇中尉―

現在の日本を取り巻く世界情勢は目まぐるしい変化を繰り返している。中国の領海侵犯、北朝鮮のミサイル発射など考えるまでもなく、次から次へと思い浮かべることが容易でない。以前まではアメリカとの安保条約を信じていれば安全と信じていたが、今はもうそんな幸せな昔とは違う。そんな緊迫した状況にある日本は、どのように国と国民の命を守るのだろうか。

レイテ沖戦（スリガオ海峡）における『扶桑』『山城』の最後を見届けた重巡洋艦『最上』元乗組員、そして、あの『第六三四海軍航空隊』で活躍をした加藤昇氏に小説では描かれないリアルな戦前戦中の話、現在の日本、若い日本人たちへの思いを聞いた。

「中国は核を持っているでしょう。だから、アメリカが中国と手を握ったら大変なことになってしまいます」

加藤氏の声は、九月（平成二十八年）を迎えると九十五歳になるとは思えないはっきりとしている。当時の日本を取り巻いていた現状と、現在の日本が抱えている問題を比較しての一言からインタビューは始まった。

「私たちの時には核がないでしょう。だから、人口が問題だと言われていました。小学校で「我ら国民六〇〇〇〇万」と教えられました。ですが朝鮮や台湾があったので、日本人の人口は四〇〇〇〇万弱くらいだったでしょう。

日本で一人生まれると、ロシアで二人生まれる。日本で一人が生まれると、インドで三人生まれる。日本で一人生まれると、支那で五人生まれる。そういうことなので日本は人口問題で潰されてしまう。その三国の大国にやれたら、人口の少ない日本はお手上げになる。だから、「産めや増やせや」と言っていたんです」

核が登場する前の脅威は「人口問題」であったと加藤氏は言う。そこで、核を持つ国と対峙するにはどうしたらいいのかと質問をぶつけてみた。すると、いつ命を失ってもおかしくない戦場を生き抜いた人間独特の、リアリスト然とした顔を覗かせた。

「今は北朝鮮は核を持っている。日本も核を持たなくてはいけませんよ。北朝鮮は賢いですよ。核を持ったら絶対に大国は手を出せないでしょう。イスラエルでもそうです。とても小さな国ですが核を持っているので手を出せません。核を放棄しようと世界でやっていますが、人間でも何でもサバイバルです」

人間は何でもサバイバル。加藤氏の口から発せられたこの一言は、激動の時代を生き抜いた重みがあった——

関東大震災の前年、『鳳翔』が日本初の航空母艦として就役した大正十一年（一九二二年）に加藤氏は京都市に生まれた。そして、生後すぐに函館に移り住むことになる。当時のことを加藤氏はこう語る。

「父が当時蟹工船の船長をやってまして、二十隻くらいの蟹工船の周りを駆逐艦で護衛されてたのを覚えてます」

そして、昭和九年（一九三四年）四月に旧制京都市立第二商業学校に入学。在学中に「支那事変」が勃発した。

――学生時代のお話を伺えますでしょうか。

「成績トップクラスの人は海軍兵学校、五～六番は三校（京都大学）、それ以外は陸軍士官学校へといった感じで、優秀な生徒の中には甲種飛行予科練習生（予科練）に入るものもおりました。二年生からは週三～四回は軍事訓練で、三八銃だけでなく村田銃とか騎兵銃の射撃訓練や匍匐前進をやりました。一年に二回、饗庭野（琵琶湖西岸）で二泊三日の戦闘訓練もありました」

そんな中でも加藤氏は勉学も怠らなかった。猛勉強し、昭和十五年（一九四〇年）、名門である立命館大学法学部に進学。翌年の昭和十六年（一九四一年）十二月には日米開戦である。

――大学生活はいかがでしたか。

「大学でも半分勉強、半分軍事訓練です。ほかにも十日にいっぺんくらいサーベル吊って京都御所を護衛したり、士官役として兵卒役の中学生を指導したり。山本五十六長官の戦死を聞いて『仇を討たなあかん!』と、昭和維新の歌を唄ったもんです。

そして、大学に行っていると徴兵検査を延期してくれたんです。二年目に六か月短縮で卒業ということになって、いよいよだろうということになって私は自ら志願して入ったんです。そして、私と同じクラスの、私より三か月遅く延期していた者が学徒として引っ張られました。それが学徒出陣です。」

話の通り、加藤氏は昭和十九年(一九四四年)三月に卒業するところを、六か月繰上げとなり昭和十八年(一九四三年)四月に卒業。卒業後は自ら志願して第十三期海軍飛行予備学生となる。加藤氏よりも一年前に採用された十二期生が七十名なのに対して、十三期は一挙に五千人を採用した。

——兵役検査とは、どのようなものなのでしょうか。

「学科試験の前にやる体格審査では、視力・聴力・握力・肺活量そして平均感覚以外に『骨相』いうのがあるんです。こっちが十人くらい座っていまして、占い師みたいな人がジッと見てくるんです。」

——当時は『憧れの海軍』と伺いましたが……

「ええ、その時に陸軍は海軍に人を取られてしまってはいけないと慌てて、特別操縦士官第一期というのを作ったんです。陸軍を受けてくれっていうので、みんな両方を受けました。ですが、海軍を受かった人間はみんな海軍に入った。落ちた人間がみんな陸軍に行ったんです。そういうこともありました。」

そして、昭和十八年（一九四三年）年九月、加藤氏は三重海軍航空隊に入隊をする。

「予備学生は早稲田―日大―慶応の順に多いんですけど、慶応学生はピタッとした帽子でモテましたね。のちに特攻に行った海軍士官の八十五パーセントが十三期で、短期錬成でした。それと『永遠の0』という映画で大石賢一郎という役があったでしょう。あの手袋に海軍飛行科予備学生第十三期って書いてあるんです。なので私たちと同期ということになります。同期の飛行予備学生のうち理工系は土浦に、我々文系は三重に行かされました。」

ここで加藤氏たちは四か月基礎教程の訓練を受け、朝から実技や学科に勤しんだ。海軍兵学校以上に速成の指揮官となる予備学生に対しては、指揮官としての「士官心得」の教育も重視されていたという。

――三重ではどのような教育を受けられたのでしょうか。

「『五省』も暗誦させられました。訓練は厳しかったですが、『日本が立ち上がらなければ、世界は全部白人たちに植民地化される』という認識で必死にがんばったもんです」

翌年の昭和十九年（一九四四年）一月、加藤氏たちは基礎教程を修了して中国の青島海軍航空隊に入隊する。青島と言えば、鈴鹿・大井・上海とともに偵察の練習航空隊である。ここでは機上作業練習機『白菊』を使用し、航法／爆弾投下／七・七ミリ機銃射撃などの訓練を行った。

——青島海軍航空隊では、三重の時と違って実践に近い練習をされていたと伺いました。どのような生活をなさっていたんですか。

「鐘紡の大きな工場の片隅に飛行場がありまして、女工さんたちが住んでいた社宅の半分を兵舎として使ってました。

『白菊』は操縦一名含めて練習生三名、そして後ろに教官が一名乗ります。予備学生の十期や十一期の中尉が教官で、徽章が桜でなくコンパスでした。私は通信が得意で、基礎教程の時でもモールスで一分間に六十字、入隊後は九十字打ててました。銀粉の入ったダミー弾を使った爆弾投下訓練や、零戦が引っ張る吹き流しを標的に、射撃訓練もやります。三十キロ爆弾を二発積んだ時は、もし敵潜水艦が現れたら実際に攻撃するつもりでいました」

青島海軍航空隊での教育後、五月に海軍少尉に任官した加藤氏は、七月に重巡洋艦『最上』艦載機（零式水上偵察機）搭乗員として配属されることとなった。

西村艦隊『最上』への配属

――青島での訓練が終わった後について教えてくださいますか。

「偵察四〇〇〇名のうち、艦隊勤務になったのはたったの七十名でした。航法・通信に習熟したメンバーばっかりです。偵察の各練習航空隊から選抜された者が呉で『最上』へ乗り込む予定でしたけど、すでに出港した後でした」

加藤氏たちは『最上』に乗るまでに各地を、文字のごとく〝飛び回った〟という。まず、ダグラス機で羽田空港から九州の雁ノ巣飛行場（現・福岡市東区）に飛んだ。そこで燃料を補給すると、次はベトナムのサイゴン（現・ホーチミン）を経由してシンガポールへ。ここからは重巡洋艦『青葉』に便乗をしてリンガ泊地に向かい、そこでようやく『最上』に乗り込むことができた。

リンガ泊地に着くと加藤氏はあることに気が付いてしまった。当時のリンガ泊地には連合艦隊の艦艇が終結して壮観ではあったが、それがどうしても気になる。

――リンガ泊地では気になることがあったとおっしゃっていましたが、それはどういったことでしょうか。

「着任の時つい、藤間艦長に『母艦が一つもないのに、これで戦争ができるんですか⁉』

と聞いてしまいました。すると艦長はムッとした感じで、『お前らに言われんでも分かっとる……』と言ったのを覚えています」

――『最上』での予備学生の待遇はいかがでしたか。

「一般大学での予備学生は、候補生と少尉の間として扱われました。兵学校やと、戦争中の繰上卒業でも三年以上かけてやっと候補生、それから少尉。我々は八か月で少尉ですから、羨ましがられたでしょうね。兵学校出身者から、わざと『『最上』の性能は?』『敵グラマンの性能は?』とか聞かれて、やり込められたりもしました。でも艦《フネ》に乗ったら一蓮托生で、案外上下関係も厳しくないんです。居住区のガンルーム（士官次室）は一番砲撃の下で、二段ベッドで寝れました。ガンルームでは士官二人に対して従兵が一人つくんですが、テーブルマナーについてこっそり教えてくれたりもしました」

――『最上』で乗られていたのは『零式水上偵察機』と伺いますが、それはどのような飛行機だったのでしょうか。

「『最上』に乗っている時の『零式水上偵察機』は三人乗りでした」

――『最上』に乗っていて怖いと感じたことはありましたか。

「もちろん怖かったです。艦に乗っている時は怖くないんです。不思議なものですね。艦に乗って突っ込んでいくでしょう。ブワーっと砲撃が来ても、まったく怖くない。『赤信号みんなで渡れば怖くない』という言葉がありますね。あの心境です。それに一蓮托生でしょう。死ぬ時は一緒に死ぬ。ちっとも怖くないんです。ところが飛行機は怖いんです。単機で行くでしょう。ブワーっと撃たれて、一発でも当たれば終わりです。」

昭和十九年（一九四四年）六月のマリアナ沖海戦で惨敗した後も、連合艦隊の士気は落ちなかったと加藤氏は言う。『最上』でも毎日訓練に明け暮れていた。

「飛行機の操縦は上飛曹、通信は一飛曹か二飛曹が務めました。偵察の私は『少尉』、あるいは『分隊士』と呼ばれてました。三日に一度、カタパルトで射ち出される飛行訓練では手当てが出るんです。」

――リンガ（フィリピン）での楽しい思い出はありますか。

「戦艦『大和』の甲板上で毎日スクリーンを引っ張って映画上映していまして、『最上』から内火艇でその〝映画艦〟によう行きましたわ。向こう（米軍）から押収したものだから、当時の日本では観れないキッスのシーンとか……」

しかし、その楽しい期間から一転。フィリピンで『最上』は最後の時を迎える。

「藤間艦長からの訓示で、『志摩艦隊と共にスリガオ海峡から入って敵の第七艦隊を寄せ付ける』『おそらく生きては帰れない』と聞いて覚悟を固めました。ただ、軍艦に乗っている間は『赤信号みんなで渡れば怖くない』といった感じです。出撃前日も、まるで花見にでもいくようにワイワイ酒飲んで、恩賜の煙草まで出ました。ただ、藤間艦長は『あんな鈍足の戦艦と一緒にいかされたら困る』、他の幹部も『おっきな棺桶と一緒に出撃するようなもんや』言うてたのを覚えてます」

世界史上最大規模、また最後の戦艦対決となったレイテ沖海戦が始まる前日とは思えない雰囲気である。誰もが日本の勝利を信じていたからだろうか。

しかし、戦況は思う通りには進まない。十月二十三日にスリガオ海峡西方のスールー海に入った西村艦隊は、翌二十四日朝ハルゼー機動部隊に発見されてしまう。午後九時半頃には敵空母艦載機二十機が襲来する。しかし、直後にハルゼー機動部隊が栗田艦隊を発見したために、加藤のいる西村艦隊は本格的な空襲を免れたのだ。

「ブルネイを出撃してすぐ、飛行長代理の粕谷特務少尉が率いる零式水上偵二機が偵察に発艦しました。ところが敵情報告の通信筒を落としたあと、陸上基地に向かっていったんです。あとの三機も重いものを全部降ろしてから、十二名でしたかねぇ……搭乗員を多めに詰めて乗せて、陸上へ行かせました。搭乗員は私を含めて同期の予備学生五名だけが艦に残ることになったんです。艦と運命を共にするという、士官の務めを自覚しました」

ハルゼー機動部隊の波状攻撃を受けた栗田艦隊が、『武蔵』を失うなど大損害を受けて一時反転。レイテへの同時突入が事実上不可能となったため、西村司令官は単独での突入を決意するのであった。そんな西村艦隊をスリガオ海峡で待ち受けていたのは、戦艦六隻、駆逐艦二十六隻、魚雷艇三十九隻という圧倒的な力を持った部隊だった。

そして、ついにスリガオ海峡夜戦が始まったのである。

「『最上』も『山城』『扶桑』の後について、一直線に突入していきます。戦闘が始まって飛行甲板で見張りをやっていましたら、数えきれないほどの魚雷が向かってきました。最大速力で左右に旋回すると、船体がギシギシときしんで塗装も剥がれ落ちるんです。高角砲と二十五ミリ機関銃を魚雷に向けて撃ちますが、魚雷は次々に味方に命中していきました」

次々にやってくるそれらに被雷した『山雲』が轟沈。『満潮』と『朝雲』が走行不能。四発の魚雷を受けた『扶桑』は弾薬倉庫が爆発をして沈没をしてしまう。しかし、敵の攻撃は止まない。さらにレーダー射撃を受けることとなり、旗艦であった『山城』も午後四時三十分に沈没をしてしまった。

「『山城』『扶桑』はさすが戦艦ですね、魚雷一〜二発喰ろうても何ともないんです。でもそのたびに速力は落ちてきて、集中攻撃を浴びます。『扶桑』が大爆発を起こして真っ二つになって、『山城』も艦橋が崩れ落ちるのが見えました。そのうち『最上』も飛行甲板に敵弾が命中したのでめくれ上がって、私は伝令として艦橋へ向かいました」

その後すぐに艦橋に敵弾が直撃してしまい、防空指揮所にいた藤間艦長や副長、航海士、水雷長、通信長などの幹部が一瞬で戦死。

艦橋へと伝令に向かっていた加藤は、その時のことをこう語った。

「操舵室まで来たところで、すぐに上からすごい衝撃が来ました。上がってみると、みんな血だらけになって戦死してました。生き残った荒井義一砲術長が指揮をとることになって、私を含めた士官たちが集まって相談しました。砲術長は『このまま（レイテに）突っ込もう!!』と言いますが、私は『八ノットしか出ないのにどうやって突っ込むんですか⁉』と喰い下がりました」

そして、『最上』は人力での操舵に切り替えての退避を開始する。その頃に志摩艦隊が二時間遅れでスリガオ海峡に到着をした。だが、先頭を行く旗艦の重巡洋艦『那智』が、敵も味方も分からぬ混戦故か『最上』の前方にある一番砲塔付近に激突してしまう。ミッドウェー海戦時に『三隈』とも衝突をしているので、これが二度目の味方艦との衝突ということになる。

「砲術長が射撃指揮所から指揮をとることになりましたが、操艦もままなりません。その時、ケップガン（ガンルームと呼ばれる士官次室の先任士官）の福士愛彦中尉が『『那智』が突っ込んでくる!!』と叫びました。急いで信号出したんですけど、左舷に衝突してしまいます。踏ん張って耐えましたが、みんな怒っていましたね……夜が明けてみると味方も敵も見えず、『最上』一隻だけです」

西村艦隊は加藤が乗っていた『最上』と、『時雨』だけが残り、それ以外は全滅してしまったのである。そして、西村司令官も戦死。栗田艦隊のオトリという役目を果たした志摩艦隊の、駆逐艦『曙』と合流した。

だが、『最上』を待ち受けていたのは悲しい結末だった。敵の爆撃を回避するも、停止をして動かなくなってしまうのだ。その状態で再びの爆撃を受け、なすすべもなく直撃弾が二発命中してしまい火災が発生してしまう。ついに総員退避となる。

「空爆を受けた時には、砲術長と共に艦橋下の操舵室辺りに居ました。生存者救出のために『曙』が接触してきます。（士官でなく）兵を先に乗せなあかんということで、艦内を見回って動けない人以外退艦させます。何していいか分らんとマゴマゴしてる者が居りましたんで、ポカーンと殴って『何をしとるんや、早よ乗り移れ‼』と叱りつけました。兵たちを先に逃してから、我々も『曙』に乗り移ります。片腕になった負傷兵に足を掴まれましたが、軍医も戦死してどうにもなりません……振りほどいて敬礼して退艦するしかありませんでした。敵機の攻撃で『曙』が少し離れてましたんで、十メートルくらいの高さから海に飛び込んで、『曙』から投げられたロープにつかまって救助してもらいました」

午後〇時半。『曙』から一発の魚雷が発射された。ここまで頑張った『最上』を海の底で眠らせるのに十分な一発だった。午後一時七分、『最上』はレイテ島南方のバナオン島ビニト岬南東から約七十キロ地点で乗組員たちに見守られながら転覆沈没をした。

「四〇〇人弱くらいと思いますが……救助された我々も『曙』から敬礼して見送りました。一緒に戦った艦が沈むというのは感慨深く、残してきた連中のことを思うと涙がポロッと出ました。これが戦争か、という感じですね」

日本側は重巡洋艦六隻、空母四隻、戦艦三隻、軽巡洋艦四隻、駆逐艦十二隻、潜水艦四隻を失う大敗を喫す。こうしてレイテ沖海戦が終結したのである。

夜間戦闘で名を馳せた第六三四海軍航空隊

そして、加藤は「貴様は水上機乗りだから『瑞雲』の六三四空へ行け」という一言で新たな隊へ転籍となった。それが現在も夜間戦闘で名高い『第六三四海軍航空隊（指令・天谷孝久大佐）』だった。

「関行男大尉が、マバラカットから特攻機で出撃した直後のことでした。翌日（十月二十六日）には、三重空で同じ分隊だった予備学生同期の植村眞久少尉も特攻出撃して戦死しています。子供ができたばっかりだったと、後から聞きました」

第六三四海軍航空隊は『伊勢』『日向』を母艦にする艦載機部隊だった。しかし、レイテ沖海戦で『伊勢』『日向』ともに艦載機を搭載しなかったので、キャビテに来て対艦攻撃・哨戒に従事していた隊だった。

「六三四空では水上爆撃機『瑞雲』機長として、出撃しました。二五〇キロ爆弾を積んで、五～六機で対艦爆撃です。水平爆弾の場合は後部座席の私が銀粉を投下して偏西風を確かめつつ、爆撃照準器を右目でのぞき込んで『よーい、テー‼』と号令をかけると操縦員が爆弾を投下します。普段は急降下爆撃なので、たいてい立ち上がって『よーい、テー‼』ですが。急降下中にも何も言わなかったら、操縦員は怯えるんで、早く爆弾を落としてしまうんです。機長としてはそれ以外に、航法とか暗号翻訳・無電打電をやりましたけど、いちばん大事なのは燃料計算でした」

正式採用されて一年ほどの『瑞雲』十一型は、急降下爆撃と空戦が可能な水上機だった。その『瑞雲』を加藤は『優秀』と評した。

「なかなか優秀な機体で、戦闘機に乗ってるような感じでした。主に輸送船を狙うんですが、運七十パーセント、実力もとい要領三十パーセントといったところですかね。ただ大人数の『最上』と違って、『瑞雲』に乗って敵に突っ込むのは怖かったです（笑）」

そして、気が付けば加藤は『瑞雲』に乗って毎日出撃をするようになる。

「基地も激しい空襲を受けましたが、『瑞雲』は飛び上がって退避したので無事でした。十二月の中旬以降は、毎日出撃するようになりました。敵輸送船を五隻くらい撃沈しました、感状を三回もらいました。生還すると、隊長の江村日雄中佐には『貴様は本当に飛んで行っとるのか⁉』と言われましたが（苦笑）この時のペアの操縦員はのちに特攻で戦死しています」

他にも加藤の言葉からは第六三四海軍航空隊がいかに過酷な戦況の中にいたかが伺える。

「私たちは九死に一生の一生に向かっていきます。そして、特攻は十死に零生です。第六三四海軍航空隊がフィリピンのキャビテに水上基地があり、そこに「瑞雲」という隊がありました。爆撃に行く時は戦闘機の護衛もないので、単機で行かなくてはいけないんです。そして、やっと帰ってきたら「また行け」と言われる。しまいには腹が立ってきました（笑）。

私がキャビテに行ったのは昭和十九年ですが十月二十五日には、関大尉の特攻機が出発しました。そして、翌月の十一月二十日には九十五パーセントの搭乗員が亡くなっているんです。生き残っているものたちも、しまいにはガタがきてしまいました。食べ物はないし、疲労困憊してしまいます。私はもじって『六三』を『無残』、『四』を『死』と読んで『こんな無残な死はない』と言っていました。早く死んだ方がました、と隊員たちで言い合っていました」

予科練教官として迎えた終戦の瞬間

昭和二十年（一九四五年）一月八日、第六三四海軍航空隊は台湾の東港水上機基地へと後退することになった。しかし、そこに『瑞雲』の姿はなく、加藤は四月に鹿屋海軍航空基地（鹿児島）に転籍する。

――転籍された時のお気持ちはいかがなものでしたか。

「東港で初めて、レイテ沖海戦の顛末を知りました。あれだけ犠牲を払ってオトリになったのに、主力部隊が反転するなんて……と悔しい思いです」

そして、加藤氏は移籍からわずか三か月で再び移動を余儀なくされる。同年の四月二十日、今度は予科練の航法訓練教官として大井海軍航空隊（静岡）に配属された。

――次は予科練の教官ですか。どういった教育をなさっていたのでしょうか。

「甲飛十三期生（後期偵察専修生）に対して、かつて自分も教わった『白菊』で航法の機上訓練を担当しました。教官（士官）二名と教員（下士官）五名で、二〇〇人を三か月間、鍛えるんです。下士官は精神注入棒で尻を叩くので、兵たちと一緒に風呂に入ると尻が赤く腫れあがっていました」

――今の社会でやったら大問題になってしまいますね。

「実戦に参加したことのない人たちが、戦後『鉄拳制裁やられた』だの『尻ベタ叩かれた』だの恨みごとばっかり言うのを耳にします。戦場はそんなどころではありゃしません、よほどでないといけないもんです。毎日叩かれてばっかりでかなわん、こんなんやったら一日も早く戦場出て戦いたいとせめて思ってもらうようにするのも我々の重要な役目です」

――終戦は大井海軍航空隊で迎えられたんですか。

「戦争が八月十五日に終わりましたが、私はその時は予科練を卒業してきた本科生の教官を四か月していました。そして、あの日は午前十一時頃、奈良孝雄指令から『今日は入内な放送があるから、作業をやめて飛行場に集まれ』という指示がありました。

前日までは怒鳴る声や、練習生たちの走り回る音がしていたのに、パタリと止んだんです。そして、あの時は夏のカンカン照りだったんですが、その中でラジオが聞こえにくいなと思いつつ皆が「日本は負けたみたいだな」と言い出しました。はっきりは分からなかったんです。ですが、終戦によって上下関係がスッとなくなった感じでしたね。倉庫の物資だけは厳重に管理するということで、解体後も士官として基地の残務整理に従事しました」

――「士官は銃殺されて、女性は白人にあてがわれる」という噂もあったそうですね。

「これはえらいことになると思いました。私たちは白人社会について学んでいたので、士官は全部銃殺され、残った男は植民地支配では奴隷にされ、女性たちは入って来る白人たちと無理やり結婚させられ、それを何代も続けて日本民族を抹殺されてしまうと思いました。なぜか分かりませんが、ふっと思いました。もちろん、私は軍人でしたから銃殺だというのもパッと頭に浮かびました。

みんな思っていたと思います。みんな士官になるくらいでしたから。

そして、中にはピストル自殺をするものや、腹を切るものもだいぶいました。私を教えてくれた教官も自殺をしました。終戦の年に海軍省の航空参謀をしていた国貞さんです」

しかし、戦後も日本人の戦いは終わらない。

「私たちは常にハングリーだったでしょう。戦前、戦中、戦後もハングリー。だから、サバイバルです。日本人同士も戦後はサバイバルでした。ちょっと他所を見ていたら、その隙にものを盗られてしまう。そうしなければ食べられないいんです。そのサバイバルを生き残った人が、あなたたちではないですかと皆さんに話します。終戦の時に大正元年生まれが三十三歳、最後の十五年生まれが十九歳でしたね。これが大東亜聖戦を戦って、戦後に頑張った世代です」

「大東亜聖戦」の大義―若者たちへ―

――あの大戦の大義とは何だったと思いますか。

「この前『大東亜聖戦』の石があるということを聞きまして、石川の護国神社に行ってきました。『大東亜聖戦』で『大東亜戦争』ではないいんです。

日本は大正時代は、二〇〇万人強の戦死者を出して、非戦闘員が三〇〇万人くらい亡くなりました。そして、白人に頭は下げましたが、その結果植民地は全部独立しましたからね。これは一番の大義ですよ。これはもう『大東亜聖戦』ですよ。ただ負けてしまいましたからね。勝てば官軍負ければ賊軍という言葉がある通り、負けたら全てを押し付けられてしまいます。

去年の八月十五日に京都の護国神社で、私が進行の大役をさせていただいてやっているんです。最初は宮司さんが一緒にやりましょうと声をかけてくれて五人くらいしかいなかったんですが、今ではいっぱいの人が来てくれています」

学校教育で「第二次世界大戦」として先の大戦を教わった若い世代は、「大東亜聖戦」はおろか「大東亜戦争」という名前も知らない。家族を思い、国を思い、自らの命をアジアの解放の為に捧げた英霊たちは、そんな今の日本を見て何を思うのだろうか。そんなことを考えさせられる言葉だった。

――現在の日本の軍備にかんしてはいかがお考えですか。

「自衛隊を軍隊にするしかないでしょう。自分の国を誰が守るんですか。自分たちの民族を守るのは当たり前でしょう。

私は中学の時から軍国少年でしたけど、女性を大切にしろと教えられました。それが高じて亭主関白になったのかも知れませんが。「七歳にして男女席を同じうせず」という言葉があるでしょう。小学生になるとパッと分けられました。そういうことをしていたので「けじめ」がありました。男は兵役検査があったんですが、それが済んだら男として認められる。そしたら話をしていいんです。昔は赤線というものがあったでしょう。そこにも検査を受けていないと行けない。行ったら大問題になりました。なので、我々の時は「けじめ」をつけていましたね。

そして、「玄牝《げんぴん》」という言葉がありました。これは「神聖なる母性」という意味で教えられました。太古の昔から計り知れない大宇宙、大自然、鳥でも獣でも魚でも、草や木でも花でも何でも何万年何十万年という間自分たちの種族を残してきた。これは「神聖なる母性」があるからだということです。人間に於いての「神聖の母性」は女性である。それを守るのが男性の役目だという意味です。女性を守ることは家族を守ることになる。家族を守ることは国を守ることになる。国を守ることは天皇を中心とした日本民族を守ることになる。だから、お前らは一旦緩急あれば絶対に女性を守れと教わりました。今、そんなことを教育したら大変なことになるしょうね（笑）。

また、当時は既に日本は災害大国だと習っていました。その時に『お前の手元に一合の米しか残らなくても、それは食うな。それを女性にやれ。そうしたら、それを食べた女性が子孫を残すんだ』と言われました。その時は何も分かりませんでしたが、今でも頭に入っています」

最近はどのような活動をしているのかを尋ねてみると、意外な答えが返ってきた。

「この前は各務原航空自衛隊（岐阜県）でお話をしてきました。私たちは零式水上偵察機に乗っていたんですが、それが東京湾に落ちているのを引き上げたものがこの基地に置いてあるんです。錆でガタガタになったものが、そこまで綺麗になっているんです。本当に涙が出てきました。その時にＦ２戦闘機にも乗せてもらいました」

　そこで、帝国陸海軍の後を継ぐ存在である自衛隊について、こう続けた。

「自衛隊さんは、しっかりしているからいいですね。もちろん女性が入るのはいいとは思いますが、入れすぎるのはよくないと思います。男女なので間違いが起こることもありますし。戦争は男がしないといけません。女性には民族を残してもらわないといけません。日本民族としての教育が必要ですね。何も白人の社会の真似をしなくてもいいんです。もちろん、今の自衛隊は一生懸命されています。民間にない規則があり、きちっとやっているなと思いますね。昔みたいなものはないですが、見ていて嬉しいですね」

――今の若者たちに伝えたいことはありますか。

「やはり、自分たちの先祖のことを考えてくれと言いたいですね。やはり、ハングリーでサバイバルな時代を生き残った先祖たちのことを考えてほしい。そして、世界中どこの国にも神話があるでしょう。日本の神話は『古事記』ですね。なので、もう少し『古事記』を読んで欲しいと思います。私も講演の後には必ず『古事記』の一節を音読するんですよ。一番初めの「天地…」のところです。民族は神話がなければ滅びてしまいますからね。それから天皇が一二五代、なぜ続いてきているのかも考えて欲しいです。

　自分たちの民族のルーツも知って欲しいです。また、白人たちが世界を牛耳っている時に日本だけが立ち上がった。それを思い出して、日本民族は日本民族だと言いたいですね。

また、日本を守って亡くなった人を守って欲しい。英霊を守って欲しいです。私は追悼式というのが大嫌いなんです。追悼というのは死者を嘆き悲しむということでしょう。そんなんじゃないんです。感謝と慰霊と顕彰ですよ。若い人たちには、それをしてもらいたい。それを言いたいです。日本の民族をどうにかして残していって欲しいです」

※久野潤氏の「歴史群像」掲載分を基にインタビューを加筆し構成しています。

《あとがき　学徒出陣とその戦後史》玉川博己（慶應義塾戦没者追悼会代表幹事）

最高学府たる東大に代表されるように、戦後の日本における諸大学では、大学として学徒出陣を記録し、戦没学生を慰霊、顕彰するどころか戦没者の調査すら、まともに行われてこなかった。

はじめに

今年は戦後七十二年の年であり、また昭和十八年の学徒出陣から七十四年目に当る。日本人にとってもはや戦争ははるか彼方の遠い昔の出来事となっている。戦後生まれの筆者（昭和二十二年生）はもちろん戦争体験は何もないが、二十年前に他界した私の父が正にこの学徒出陣組であった関係で、生前の父からよく戦争の話を聞かされたものである。その意味で私にとって父（そして母の）戦争体験はある意味で幼少の頃から身近な存在であった。戦争で父母や祖父母が如何に苦労したのか、そして戦後の苦難の状況の中で父母達が懸命に生活を支え、子供を育ててきたことが我が家のルーツでもあったと子供の頃から感じていたように思う。これはまた私達の世代には共通した体験であるかも知れない。

本書は学徒出陣体験を持つ七名の方々のインタビューをもとに構成されている。いわゆる戦記もの、戦争体験ものはこれまで実に多くの書物が出版されてきているが、本書は単にそうした学徒出陣体験者の戦争経験にとどまらず、それぞれが戦前はどのような学生生活を過ごしてきたのか、また戦争が終わって復員後、戦後の社会の混乱の中に放り出された若者達がどうやって生活し、家庭を営んできたのか、いわば戦後復興において各自がどのように社会の中で奮闘してきたのかを貴重な証言によってまとめている。言い換えれば本書から戦後復興史の一面が垣間見ることができるのではないだろうか。

本書に登場する七名の証言者はいずれも筆者が取り組んでいる戦没学徒慰霊追悼活動の中で知り合った方々である。筆者は八年前の平成二十一年に母校・慶應義塾大学の戦没学徒を慰霊する慶應義塾戦没者追悼会を代表幹事として立ち上げて以来、多くの大学の学徒出陣体験世代のＯＢとも交流を持ってきた。また学徒出陣七十年に当る平成二十五年から神宮外苑の国立競技場にある「出陣学徒壮行の地」記念碑前での戦没学徒追悼会を毎年十月二十一日に主催している。（尚この記念碑は二〇二〇年東京オリンピック開催決定に伴い、国立競技場が建替えられることになった関係で、平成二十六年から近接する秩父宮ラグビー場構内に仮移転されている。）そして七名の証言者は年齢的に私の父と同世代であり、皆九十を越えている。これらの貴重な体験談から、私の父と父の世代が戦中、戦後どのような青春を送ってきたかを窺い知ることができて誠に有り難いとも思っている。

私の父の学徒出陣記

先に述べたように、私が戦争と学徒出陣に関心を持った理由は、私の父がどのような時代に学生生活を送り、実際に戦争に行ってどのような経験をしたのか、いわば父の青春の記録を知りたいという思いがあったからである。幸い父は私の幼少期から亡くなるまで、ことあるごとに戦争体験を私に聞かせてくれた。これを以下に簡単な文章にすることによって、本書に登場する八番目の証言者としてご紹介させて頂ければ幸いである。

私の父、玉川八郎は大正十二年一月生まれで、昭和十七年十月に旧制台北高等学校から東京帝国大学経済学部に進んだ。当時大学や高校、専門学校の修業年限は短縮されていて本来なら三年の高校生活も半年早い繰り上げ卒業となった次第である。父が東大経済学部を選んだ理由は、元来河合栄治郎の著作に親しみ、その自由主義思想に傾倒していた父として、河合栄次郎が教授として教鞭をとっていた東大経済学部（当時既に河合栄治郎は経済学部紛争により教授を辞職していたが）に憧れを持っていたからである。幸い東大入学後、河合栄治郎門下の大河内一男助教授（戦後に教授、東大総長を歴任）のゼミに入ることが出来た。

父によれば当時の東大経済学部では、時代を反映した国家主義的経済学、統制経済論の寵児であった難波田春夫助教授や社会政策の立場から生産力理論を唱えた大河内一男助教授らが新進気鋭の若手スター学者として華々しく脚光を浴びていたという。しかし父が学門に打ち込める時間は余り残されていなかった。

入学から一年後の昭和十八年十月一日には、政府は在学徴集延期臨時特例（昭和十八年勅令第七五五号）を公布した。これにより法文系の学生の徴兵猶予が解かれることとなった。いわゆる学徒出陣である。この実質僅か一年間の大学生活ではあったが、戦時中ではあっても父は本郷界隈のビリヤード場で過ごしたり、新宿のカフェーで飲んだり、それなりの学生生活はエンジョイしていた。要領がよかった父は軍事教練の成績はよかったという。その面白いエピソードとして聞いたことがあるのが、ある日雨上がりの練兵場（場所が本郷のグランドであったのか代々木の練兵場であったのか記憶が定かでないが）で教練をしている所へ時の東條英機首相が抜き打ちで視察に訪れたことがあったという。

偶々攻撃部隊の指揮官を命じられた父は、指揮刀一閃突撃を下令し、わざわざ雨で泥濘になっている場所に向かって先頭で突撃し、そこから匍匐前進に移った。文字通り全身泥まみれとなったが、これを高台から見ていた東條首相は「最近の帝大生の中には中々気合が入っているのもいるのだね」と上機嫌で褒め、傍にいた配属将校にあの指揮官学生は大いに宜しい、と伝えたそうだ。この時のパフォーマンスが奏功したのか、後日陸軍に入営して、幹部候補生を受けた時は楽々合格した、と父は自慢していた。

さて昭和十八年十二月一日、父は熊本師団に新兵として入営した。新兵教育の後、幹部候補生試験を受けて合格した父は翌昭和十九年には奉天の陸軍予備士官学校で幹部候補生教育を受けることになった。予備士官学校では作戦要務令など基本的な教範が教えられたが、父からすると些か精神主義の面が強すぎる印象であったという。従来は対ソ戦戦法が主体であった陸軍も、ようやくこの頃から対米戦戦法が教えられるようになったというが、実態は相変わらずの精神主義であった。既にガダルカナルやニューギニアなどの戦場の実相や戦訓が伝わっており、どこの戦闘では米軍は前線一メートル当たり一分間何百発の弾幕を張ってきた、ということが教えられる。ではこれに打ち勝つのはどうすべきか、となるともはや手の打ちようがない。

こうした敵の圧倒的な火力に対してどのように対抗するかとの教官からの試問があったとき、一番の模範解答は「形而下的には敵の物量に対抗するは困難なるも、形而上的には必勝の信念を堅持し、攻撃精神を最大限に発揮すれば、その突破跳躍も不可能に非らず」という、まるで禅問答か哲学問答のような答であったという。また当時米軍のシャーマン戦車とかの性能も分かってきたが、対戦車戦法といえば地雷を抱いて敵戦車のキャタピラの下に潜り込む肉弾戦法しか教えられなかったという。というよりももはや他に手だてはなかったということだろう。

昭和二十年初頭、幹部候補生課程を修了して見習士官となっていた父は、関東軍から沖縄への増援部隊の一員に加えられた。当時父が奉天の写真館で撮った写真が残っているが、軍服に陸軍曹長の襟章と見習士官の座金を着け、長靴を履いて軍刀を手にした二十二歳の父の姿はさすがに凛々しいものがある。朝鮮を南下し、九州を経由して沖縄に向かった十隻の輸送船団は九州南方の海上で敵潜水艦の待ち伏せ攻撃にあって、父の乗った船を除いて全て撃沈されたそうだ。敵の魚雷があと一メートル船に寄っていれば、父の人生はここで終わっていた筈である。ほうほうの体で沖縄に辿り着いた父は、早速首里にあった沖縄防衛軍である第三十二軍司令部に配属された。

通信が専門であった父は司令部で通信参謀の補助に任ぜられた。牛島満軍司令官、長勇参謀長、八原博通高級参謀などは日頃身近に接する機会があったという。父が沖縄にいたのは三か月足らずであったが、職務柄通信関係の書類綴に目を通すことが多かった父は、たとえば前年末沖縄防衛の中核として期待されていた精鋭金沢第九師団（通称武兵団）が台湾へ抽出転用された経緯を知ることが出来た。また同精鋭兵団を引き抜かれた沖縄守備軍がそれまでの水際決戦方針を捨てて、島尻地区へ下がって持久防御を行う方針に転換したことも知った。更にこうした軍の方針変更に伴い、一般県民をどのように戦闘地域から避退させるかなど、軍と県の折衝が続けられながら、結局予想よりも早く米軍が来寇し、戦闘の混乱の中で不徹底になってしまい、その結果多くの県民が南部地区の戦闘に巻き込まれて、多大な犠牲者を出したことなど、戦後父はことあるごとに悔んでいた。その父も昭和二十年三月末、まさに米軍が沖縄本島に上陸する寸前に宮古島守備軍への転属を命ぜられた。

当時の軍の判断としては、米軍は沖縄本島に来る前に、土地が平坦な宮古島を占領して航空前進基地を確保した上で沖縄に来るであろうというものだった。偶々軍の暗号書が更新されたこともあって、父は暗号書を携えて宮古島に向かったが、米軍は宮古島を飛び越して昭和二十年四月直接沖縄本島に上陸してきた。宮古島に着任してから間もなく少尉に任官した父は独立一個小隊を任されたが、結局米軍の激しい艦砲射撃や空襲はあったものの、そのまま終戦を迎えた。

昭和二十年末復員した父は東大に復学し、昭和二十一年三月に卒業した。当時財閥解体や戦後の混乱の中で、東大生でもまともな就職口はなくて色々苦労した父は何とか時計製造会社に職を得た。そして学生時代からの知り合いであった母と結婚して家庭を持ち、私が生れた次第である。朝鮮戦争が始まって世の中が落ち着いてくると、父は機械専門商社に転職して、以来定年までその会社に勤務した。三十歳の頃に米国ニューヨークに単身で駐在したこともある父はさすがに豊かな米国社会の様子を見て、よくこんな国と四年近くも戦争をしたものだと感じたという。

父は会社員生活を全うして、平成九年に七十五歳で他界したが、私はよく父に戦争のことを尋ねた。とくに父が学徒出陣で一体どういう気持ちで戦争に行ったのかを尋ねたものだ。これに対して父から聞いた話をまとめてみると次のようになるだろう。

あの米国との戦争は結果的に勝算のない無謀な戦争であったかも知れないが、それまでの歴史的経緯からすると日米にとって不可避な宿命的戦争であったのではないか、と父は言っていた。又父は日本が緒戦において欧米勢力を東亜から駆逐したことは、世界史的な意義があった、とも考えていた。とくに父は、開戦初頭に山下兵団が短時日で成し遂げたマレー半島電撃戦とシンガポール攻略戦の歴史的意義を口にしていた。

一方で、河合栄治郎の自由主義に惹かれていた父にとって、戦時中の精神主義一辺倒の風潮にはなじめないものがあった、という。では父は学徒出陣に赴き、死というものに向き会ったとき、それを如何に捉え、どのように自分を納得させたであろうか。父はいよいよ学窓から戦争に行くとき、友人たちと議論をしたという。ある者は悠久の大義に生きるだけだ、それでいいじゃないか、と言い、別の者は、本当に悠久の大義だけで死ねるのか、俺はもっと意味が必要だ、と反論したという。

父自身は戦争に赴き、やがて避けられないであろう死というものを、自分の親、兄弟そしてそれを包摂する祖国を守るための戦いにおける宿命と考えることによって、自己を納得させようとした、と語っていた。また旧制高校時代から西田幾多郎博士の著作にも傾倒していた父は、京都学派のいわゆる『世界史の哲学』にも関心を持っていた。高校から大学にかけて、父は戦争という時代に生きる意味を読書、とくに京都学派に求めていたようだ。父が尊敬していた台北高校の二年先輩であり、西田哲学に憧れて京大哲学科に進んだ上山春平氏（戦後京大教授、文化功労者）は、戦争中人間魚雷回天の搭乗員として出撃せるも会敵の機会なく生還し、そのまま終戦を迎えたという。私も父に薦められて、上山春平京大教授の『大東亜戦争の遺産』などの本を読んだこともある。

戦後の父は結婚して家庭を持ち、家族を養うために、会社員としての人生を懸命に生きた、と思う。私が中学生くらいの年齢になってから、父に戦争の話をせがんで色々聞かせてもらったが、不思議に自分達は軍国主義の犠牲者だとか、戦争に反対だったとか、当時の日教組の教師が教室で教えたようなことは全く言わなかった。むしろ父は戦後のそういう反戦平和主義の風潮には批判的であった。戦後父が最も愛読していたのが小泉信三元慶應塾長の書いたものだった。戦争を歴史的宿命と捉え、その宿命の中で個人としてベストを尽くしてゆくしかない、という小泉信三元塾長の考えに深く共感していたように思う。だから後年私が慶應義塾大学への入学を決めたときは父は素直に喜んでいた。

学徒出陣とは何であったのか

学徒出陣の原点は史上初の総力戦として戦われた第一次世界大戦にさかのぼる。それ以前の戦争は正規軍が戦場で雌雄を決する戦争であり、しかも短期決戦であったのに対して第一次世界大戦は参戦国の総力をあげて戦う長期消耗戦となった。各国とも徴兵による兵士の大量動員から、下級士官の補充要員としての学生の動員も行った。米国ではROTC、英国ではOTCという学生を対象にした予備役将校制度が十九世紀から存在していたが、第一次世界大戦を契機にその拡充が図られ、米国を例にあげると昭和十六年十二月の日米開戦とともに全米の大学でROTCの大量募集、大量動員が始まったという。だから翌年八月の米軍によるガダルカナル反攻の頃には既に学生出身の戦闘機パイロットや小隊長クラスの指揮官が戦場に登場している。日本の学徒出陣は更に翌昭和十八年末だから、米国は日本より、学生の戦争動員において、二年も先んじていたことになる。

欧州大戦の本格的な総力戦を経験しなかった帝国陸軍は、それでもルーデンドルフが唱えた国家総力戦理論に影響を受けて、大正末から学校における軍事教練を始めるなど、高度国防国家論が力説されるようになっていった。しかし、その軍事教練も歩兵戦闘の初歩的なものであり、真の軍事教育からは程遠いものであった。昭和十年代になると海軍における短現士官、予備学生・予備生徒、陸軍における特別操縦見習士官などの諸制度が実施に移されていった。その他大陸における支那事変の拡大に伴い軍医や獣医の動員も行われていった。

しかし尚日本においては、大学、高等学校、専門学校に在籍している学生には徴兵猶予の特典が与えられていた。昭和十六年十二月に大東亜戦争が始まっても、これは変わらずであった。当局が本格的な学生の軍隊への動員を決意したのは、戦局の苛烈の度が増してきた昭和十八年夏頃といわれる。そして昭和十八年十月一日、政府は在学徴集延期臨時特例（昭和十八年勅令第七五五号）を公布した。これは、理工系と教員養成系を除く文科系の高等教育諸学校の在学生の徴兵延期措置を撤廃するものであった。これがいわゆる学徒出陣である。そして徴兵検査の後陸軍は昭和十八年十二月一日に入営、海軍は同十二月十日の入団となった。

また十月二十一日東京の神宮外苑競技場で行われたのをはじめ、全国各地で出陣学徒壮行会が挙行された。神宮外苑競技場における出陣学徒壮行会の模様は、ニュース映画の傑作ともいわれている「日本ニュース第一七七号」でよく知られている。小雨降る神宮外苑競技場を、東大を先頭に各大学ごとの梯団が、戸山学校軍楽隊による陸軍分列行進曲（抜刀隊）の演奏のもとに行進する光景、そして東條英機首相の訓示や岡部長景文相の挨拶、「生らもとより生還を期せず」で有名な東大生江橋慎四郎の答辞、最後に「海ゆかば」の大合唱という極めて印象的な映像である。

このように、私の父も含めた多くの学生が学窓から戦地に赴いた学徒出陣であるが、では一体何名の学徒が出陣したのか、数万とも、十万とも、あるいは十三万とも諸説があるものの正確な数は分かっていない。またその内何名が戦没したのかも不明である。あれほど当時の国民に熱狂と鮮烈な印象を与えた学徒出陣であるが、その実体は分からぬままに戦後を迎えたのである。本来なら国家総力戦下、時の政府が命じ、大学が学生を戦争に送り出した学徒出陣であり、その結果多くの学徒が戦没したのであるから、これをしっかりと総括すべき責任があるはずの政府や大学であるが、彼らは戦後全くこれを無視し、放置してきた。むしろ問題はここにあるのではないだろうか。

学徒出陣は戦後どのように扱われたか

私の父の母校である東京大学では、約千五百名が戦没したといわれているが（これは早稲田、慶應義塾に次ぐ数であるが）本郷にも駒場にもキャンパス内には慰霊碑一つなく（学外に有志によって建てられた慰霊碑は除いて）、また大学による慰霊祭も行われていない。ハーバード大学をはじめ欧米の歴史ある大学には必ず様々な戦争で戦没したその大学出身者の名を刻んだ追悼施設が存在するのとは大違いである。古今東西、あるいは宗教の違いを問わず、戦争において国のために散華した戦没者を英霊として敬意を捧げ、その慰霊追悼を行うのは極めて自然な人間の感情に基く行為である。その戦争の歴史的評価とは全く別の問題である。

戦後間もない頃、東大では卒業生有志によって本郷キャンパス内に戦没学徒の慰霊碑として「わだつみの像」を建立する計画が持ち上がったが、当時の南原繁総長は大学の教育や研究と直接関係のないものを学内に建てることは辞退する、として断ったという。以来現在にいたるまで東大キャンパスには戦没学徒を慰霊する施設は何もない状態が続いている。南原総長が慰霊碑の建立を断った理由として考えられるのは、一つは当時の占領軍（GHQ）に対する遠慮があっただろうし、東大をはじめ全国の学園で大きな勢力を誇っていた共産党など左翼勢力を刺激したくない、という気持ちもあったのであろう。

一方当時ベストセラーとなったのが戦没学徒の遺稿を集めた『きけわだつみのこえ』であった。多くの戦没学徒の遺稿は読むものの胸を打ったが、しかしやがてこの遺稿集が、編集者のイデオロギーに沿う形で、あろうことか戦時中の官憲による、あるいは戦後のG

HQによる検閲よろしく、戦没者の遺稿を恣意的に改竄して出来上がったものであることが判明し、その政治的思想的偏向が批判されるようになった。そしてより公平な立場からということで、その後『雲ながるる果てに』や『あゝ同期の桜』など多くの戦没学徒遺稿集が出版されるようになっていった。

先に戦後の東大について述べたが、最高学府たる東大に代表されるように、戦後の日本における諸大学では、大学として学徒出陣を記録し、戦没学生を慰霊、顕彰するどころか戦没者の調査すらまともに行われてこなかった。これについては慶應義塾大学の白井厚名誉教授による『大学における戦没者追悼を考える』（慶應義塾大学出版会）という労作があるので、関心のある向きは参照願いたいが、およそ戦後日本の大学では戦争について語り、戦没者を慰霊することを忌避敬遠するような空気が存在していたといえる。また白井名誉教授が指摘するように、大学として戦没者名簿の作成や戦没者数の把握を行っているのはまだ少数に過ぎない、といわれている。

私の知る限り、東京都内で大学キャンパスに戦没学徒の慰霊、追悼の碑や施設が存在し、毎年慰霊祭や追悼会を実施しているのは、早稲田、慶應義塾、一橋、國學院、東洋、拓殖，亜細亜の七大学しかないし、東京以外でキャンパスに慰霊碑があるのは小樽商大、香川大など数えるほどしかない。これらの大学は卒業生のまとまりが強く、愛校心が強いという共通点がある。

私の母校である慶應義塾について述べると、慶應義塾は早稲田の四七四二名に次ぐ二二二六名もの出身者が戦没している。（何れも平成二十九年時点で確認されている数字）慶應義塾では昭和三十二年に、卒業生有志により彫刻家・朝倉文夫作の「平和来の青年像」が大学に寄付されて、三田キャンパスの図書館旧館前に建立された。この像の台座には小泉信三元塾長の言葉が刻まれている。更に平成十年には慶應義塾によって「還らざる学友の碑」が建立された。この碑には当時の鳥居泰彦塾長の揮毫による追悼の文言が書かれている。

そして平成十九年に慶應義塾福澤研究センターによって「慶應義塾関係戦没者名簿」が作成され、この戦没者名簿は現在右の「還らざる学友の碑」に収められている。また平成五年に学徒出陣世代の卒業生を中心に学徒出陣五十周年戦没同期塾員追悼会が開かれたが、平成二十年に慶應義塾創立百五十年記念式典が盛大に行われたのを契機に、今後恒常的に戦没者追悼を行なおうという機運が高まった。そして翌年の平成二十一年十一月に卒業生有志を主体とし、大学側がこれに協力する形で慶應義塾戦没者追悼会が開催され、以降毎年十一月に行われている。

一方各大学を横断する戦没学徒慰霊の動きとして、平成五年に、昭和十八年十月にあの学徒出陣壮行会が行われた国立競技場（元神宮外苑競技場）の敷地内に、全国諸大学の学徒出陣世代卒業生有志の寄金によって「出陣学徒壮行の地」記念碑が建立された。建立された場所はあの壮行会における分列行進のスタート地点であったマラソン・ゲート傍であった。以来毎年十月二十一日にはこの碑の前で、元出陣学徒たちが集まって献花行事を行ってきた。しかし平成二十五年に二〇二〇年東京オリンピックの開催が決定したことにより、国立競技場が建替えられることになったことに伴い、この記念碑も一時的に移転されることになった。

これに先立って、関係者によって国立競技場を管理する文部科学省当局に記念碑の永久保存を要請してきたが、同年末には閣議決定をもって記念碑の永久保存が決定された。また国立競技場の建替え工事の着工に伴って、平成二十六年には記念碑が秩父宮ラグビー場構内に仮移転されることになった。秩父宮ラグビー場への仮移転後も、毎年十月二十一日に記念碑前で戦没学徒追悼式典を開催している。また実行委員会も戦後生まれの世代に引き継がれ、私もその代表をつとめている。尚、右の記念碑は二〇一九年の新国立競技場完成時には同構内に復元される予定である。

このように戦後すでに七十二年、学徒出陣から七十四年がたつが、学徒出陣を記念し、戦没学徒を慰霊追悼する運動は、学徒出陣世代からその子の世代に引き継がれ、更にその孫の世代も参加しつつあるのは、ある意味自然の流れであろう。

おわりに

学徒出陣から七十四年、戦後七十二年という歳月が経過し、もはやあの戦争もそして学徒出陣という歴史的出来事もはるか遠い過去の出来事のように感じられる。しかし現在は過去の延長線上に位置し、戦後のそして現在の日本は戦前、戦中の日本と全く無縁に存在しているのではない。私の父も含めてあの戦争に青春を捧げ、血みどろになって戦った世代の若者たちが、戦後の廃墟の中から立ち上がり、引き続き終戦後の苦難の中を必死に生き抜いて日本再建を目指して戦った歴史でもあったのだ。私たちは自分たちの父母を見てそのように実感してきた。

本書で語られた学徒出陣体験者の証言は貴重な昭和史であり、青春の記録であり、そして世界をも驚愕させた日本復興史を物語る証言でもある。また本書に登場した元出陣学徒たちの心には、あの戦争に散った多くの仲間たちの、学問を愛し、家族を愛し、そして祖国を愛する心がそのまま生き続けてきたことを深く感じ取ることができる。私たちはその心を我が心として受け止め、次の世代に引き継いでゆくことを我れらが使命と考えたい。

■監修
久野 潤（くの・じゅん）
名城大学非常勤講師。昭和五十五年大阪生まれ。慶應義塾大学総合政策学部卒業、京都大学大学院法学研究科国際公共政策専攻修了。学問的専門分野は近現代日本の政治外交とその背景思想で、これまでに大阪国際大学や皇學館大學で政治・経済・外交系の授業を担当。学術研究以外では三五〇名以上の戦争経験者と三〇〇社以上の神社を取材・調査し、各雑誌に関係記事を執筆。大阪・東京・名古屋・浜松・福岡・大津・広島・長岡で一般向け公開講座「歴史勉強塾」（れきべん）が毎月開催されている。著書に『帝国海軍と艦内神社』『帝国海軍の航跡』など。

■構成
但馬オサム（たじま・おさむ）
文筆人・出版プロデューサー。昭和三十七年東京下谷の出身。守備範囲は映画、マンガ評論、犯罪評論、特撮、ノスタルジー、猫、B級芸能史、東アジア問題など多岐に亘る。チャンネルAJIA、チャンネル桜などに出演多数。著書に『世界の子供たちに夢を～タツノコプロ創始者　天才吉田竜夫の軌跡』、『アニメ、プロデューサ鷺巣政安』、『韓国呪術と反日』など。

学徒出陣とその戦後史

■発行日　平成29年10月21日（第1刷発行）
■発行人　漆原亮太
■編集人　永井由紀子
■カバーデザイン・DTP　山口英雄デザイン室
■取材・協力　玉川博己（慶應義塾戦没者追悼会代表幹事）
　　　　　　　松浦利重（早稲田大学出陣学徒の会）
■発行所　啓文社書房
【本社】
〒133-0056 東京都江戸川区南小岩6-10-5 グリーンハイツ1階
電話　03-6458-0843
【編集部】
〒160-0022 東京都新宿区新宿1-29-14　パレドール新宿202
■発売所　啓文社
■印刷・製本　株式会社 光邦

ISBN 978-4-89992-022-9 Printed in Japan　http://www.kei-bunsha.co.jp